读给孩子的美文名篇

传递爱的旋律

[法]法布尔等 著
郑振铎等 译

中国地图出版社
·北京·

图书在版编目（CIP）数据

传递爱的旋律 /（法）法布尔等著；郑振铎等译
. -- 北京：中国地图出版社，2022.6
　　ISBN 978-7-5204-2801-9

　　Ⅰ．①传… Ⅱ．①法… ②郑… Ⅲ．①散文集-世界
②短篇小说-小说集-世界 Ⅳ．①I11

中国版本图书馆CIP数据核字(2022)第007790号

CHUANDI AI DE XUANLÜ
传递爱的旋律

出版发行　中国地图出版社	邮政编码　100054
社　　址　北京市西城区白纸坊西街3号	网　　址　www.sinomaps.com
电　　话　010-83493114　83543969	经　　销　新华书店
印　　刷　保定市铭泰达印刷有限公司	印　　张　11.5
成品规格　170mm×240mm	
版　　次　2022年6月第1版	印　　次　2022年9月河北第2次印刷
定　　价　29.80元	
书　　号　ISBN 978-7-5204-2801-9	

如有印装质量问题，请与我社联系调换

目 录

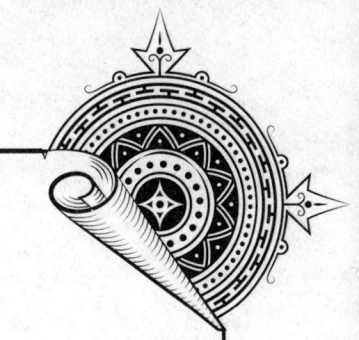

- **1** 该怎么办就怎么办　[丹麦] 汉斯·克里斯汀·安徒生
- **7** 每个孩子都有会飞的童年　[英国] 詹姆斯·巴里
- **16** 别怕路上多荆棘　[黎巴嫩] 纪伯伦
- **20** 上帝没有忘记我　[英国] 丹尼尔·笛福
- **27** 江南，梦栖息的地方　[中国] 郁达夫
- **33** 自然之色　[日本] 德富芦花
- **38** 在寂静的幸福之邦　[俄国] 伊凡·蒲宁
- **46** 快乐的歌者　[法国] 亨利·法布尔
- **54** 人，不是为失败而生的　[美国] 欧内斯特·海明威
- **63** 可喜的孤独　[美国] 亨利·戴维·梭罗
- **71** 眼睛与眼睛的重逢　[加拿大] 欧内斯特·汤普森·西顿
- **80** 时光流逝，归一切于全人类　[法国] 维克多·雨果

84	爱，是黑夜里的灯 [中国] 萧红
88	不能忘却的记忆 [俄国] 列夫·托尔斯泰
96	爱，可以超越苦难 [苏联] 马克西姆·高尔基
102	付出是爱的真谛 [英国] 奥斯卡·王尔德
110	刻在心上的一幕 [俄国] 陀思妥耶夫斯基
117	打开智慧之门 [英国] 弗兰西斯·培根
122	永远的湖光梦影 [日本] 横光利一
129	我苦难的父老乡亲 [中国] 飞花
140	向前一步，就是深渊 [日本] 德富芦花
146	渴望旅行的小不点 [瑞典] 塞尔玛·拉格洛夫
152	与鲨鱼的生死较量 [法国] 儒勒·凡尔纳
159	当水孩子遇到水孩子 [英国] 查理·金斯莱
166	虎口余生的男孩 [英国] 罗伯特·斯蒂文森
174	勇敢的抉择 [美国] 马克·吐温

该怎么办就怎么办

——《一个豆荚里的五粒豆》

[丹麦] 汉斯·克里斯汀·安徒生

汉斯·克里斯汀·安徒生（1805—1875），丹麦作家。他出身于贫穷的鞋匠家庭，自幼酷爱文学，早年就读于慈善学校，做过学徒工。安徒生童话中的代表作有《海的女儿》《拇指姑娘》《卖火柴的小女孩》《丑小鸭》《皇帝的新装》等。他的作品已经被译为一百五十多种语言，并被制作成电影、舞台剧、芭蕾舞剧等。

入选理由：

　　安徒生，这个伟大的名字在几代人的眼里等同于两个字：童话。我们的妈妈读过他，我们的孩子在读他，将来孩子的孩子还会读他……

经典导读：

　　安徒生的文字美丽而富有诗趣，他有一种不可测的魔力，能把我们从忙扰的人世间带到美丽和平的花的世界、虫的世界、人鱼的世界里去……

——中国作家、文学史家　郑振铎

传递爱的旋律

有一个豆荚，里面有五粒豌豆。它们都是绿的，因此它们就以为整个世界都是绿的。事实也正是这样。豆荚在生长，豌豆粒也在生长。它们按照在家庭里的地位，坐成一排。太阳在外边照着，把豆荚晒得暖洋洋的；雨水把它洗得透明。这儿既温暖，又舒适，白天明亮，晚间黑暗，这本是必然的规律。豌豆粒坐在那儿越长越大，同时也开始沉思起来，因为它们多少得做点事情呀。

"难道我们永远就在这儿坐下去吗？"它们问。

"我只愿老这样坐下去，不要变得僵硬起来。我似乎觉得外面发生了一些事情——我有这种预感。"

许多星期过去了，这几粒豌豆变黄了，豆荚也变黄了。

"整个世界都在变黄啦。"它们说。

忽然，它们觉得豆荚猛地晃动了一下。它们被摘下来了，落到人的手上，跟许多别的豆荚一起，被放到一件马甲的口袋里去了。

"我们不久就要被打开了。"它们说。于是，它们就等待这件事情的到来。

"我倒想知道，我们之中谁会走得最远。"最小的一粒豌豆说。

"是的，事情马上就要揭晓了。"

"该怎么办就怎么办。"最大的那一粒说。

"啪！"豆荚裂开了。那五粒豆子全都滚到太阳光下来了。它们躺在一个孩子的手中，这个孩子紧紧地捏着它们，同时说它们正好可以当作豆枪的子弹用。他马上安一粒进去，把它射出来。

"现在我要飞向广大的世界里去了，如果你能捉住我，就请你来吧。"于是，它就飞走了。

"我，"第二粒说，"我将直接飞进太阳里去。这才像一粒豆呢，而且与我的身份非常相称。"于是，它也飞走了。

"我们到了什么地方，就在什么地方睡。"其余的两粒说。

"不过，我们仍得向前滚。"因此它们在没有到达豆枪以前，就先在地上滚起来。但是，它们最终还是被装进豆枪里去了。

"我们才会被射得最远呢。"

"该怎么办就怎么办。"最后的那一粒说。它被射到空中去了。它被射到顶楼窗子下面的一块旧板子上，正好钻进一个长满了青苔和霉菌的裂缝里。青苔把它裹起来。它躺在那儿不见了，可是我们的上帝并没忘记它。

"该怎么办就怎么办。"它说。

在这个小小的顶楼里住着一个穷苦的女人。她白天到外面去擦炉子，锯木材，并且做许多类似的粗活，虽然她很强壮，也很勤俭，不过她仍然很穷。她有一个发育不全的独生女儿，躺在这顶楼上的家里。她的身体非常虚弱。她在床上躺了一整年，看样子既活不好，也死不了。

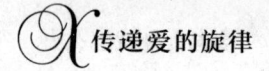

"她快要到她亲爱的姐姐那儿去了。"女人说,"我只有两个孩子,但是养活她们两个人是够困难的。善良的上帝分担我的愁苦,已经接走一个了。我现在养着留下的这一个。不过我想他不会让她们分开的,她也会到她天上的姐姐那儿去的。"

可是,这个病孩子并没有离开。她安静地、耐心地整天在家里躺着,她的母亲到外面去挣生活费。这正是春天。一大早,当母亲正要出去工作的时候,阳光温和地、愉快地从那个小窗子射进来,一直射到地上。这个病孩子望着最低的那块玻璃。

"从玻璃旁边探出头来的那个绿东西是什么呢?它在风里摆动。"

母亲走到窗子那儿去,把窗打开一半。"啊,"她说,"我的天,这原来是一粒小豌豆。它还长出小叶子来了。它怎样钻进这个缝隙里去的?现在可有一个小花园来供你欣赏了。"

母亲将病孩子的床搬得更挨近窗子,好让她看到这粒正在生长着的豌豆。然后,母亲便出去做她的工作了。

"妈妈,我觉得我好一些了。"晚上的时候,这个小姑娘说,"太阳今天在我身上照得怪温暖的。这粒豆子长得好极了,我也会长好的,我将从床上爬起来,走到温暖的太阳光下去。"

"愿上帝准许我们这样做。"母亲

说，但是她不相信事情能这样。不过，她仔细地用一根小棍子把这株植物支起来，好使它不致被风吹断，因为它使她的女儿对生命产生了愉快的想象。她从窗台上牵了一根线到窗框的上端，使这粒豆可以盘绕着它向上长。它的确在向上长——人们每天都可以看到它在生长。

"真的，它现在要开花了。"女人有一天早晨说。她现在开始希望和相信，她的病孩子会好起来。她记起最近这孩子讲话时要比以前愉快得多，而且最近几天她自己也能爬起来，直直地坐在床上，用高兴的目光望着这一粒豌豆所形成的小花园。一星期以后，这个病孩子第一次能够坐整整一个钟头。她快乐地坐在温暖的太阳光下。窗子打开了，她面前是一朵盛开的、粉红色的豌豆花。小姑娘低下头来，对它柔嫩的叶子轻轻地吻了一下。这一天简直像一个节日。

"我幸福的孩子，上帝亲自种下这粒豌豆，叫它长得枝叶茂盛，成为你我的希望和快乐。"高兴的母亲说。她对这花儿微笑，好像它就是上帝送来的一位善良的安琪儿。

但是，其余的几粒豌豆呢？嗯，那一粒曾经说飞向广大的世界里去，并且还说过"如果你能捉住我，就请你来吧"的豌豆落到屋顶的水笕里去了，在一只鸽子的嗉囊里躺下来，正如约拿躺在鲸鱼肚中一样[①]。那两粒懒惰的豆子也不过只走了这么远，因为它们也被鸽子吃掉了。总之，它们——总还算有些实际的用途。可是那第二粒，它本来想飞进太阳里去，但是却落到水沟里去了，在脏水里躺了好几个星期，而且涨得相当大。

"我胖得够美了，"这粒豌豆说，"我胖得要爆裂开来。我想，任何豆子都从来不曾，也永远不会达到这种地步的。我是豆荚里五粒豆子中最了不起的一粒。"

水沟说它讲得很有道理。

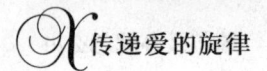

可是，顶楼窗子旁那个年轻的女孩子——她脸上焕发出健康的光彩，她的眼睛发着亮光——正在豌豆花上面交叉着一双小手，感谢上帝。

水沟说："我支持那粒豆子。"

① 据希伯来人的神话，希伯来的预言家约拿因为不听上帝的话，乘船逃遁，上帝因此吹起大风。船上的人把约拿抛到海里以求免于翻船之祸。约拿被大鱼所吞，在鱼腹中待了三天三夜。

美文赏析：

　　童话，原来可以这样唯美，充满天真与激情。它带来的感动，让人觉得任何语言都不足以表达，这就是安徒生的魅力。孩子从他那里得到乐趣，而大人则找回童真。他的每一个字，都是一个动人的音符，我们的眼睛掠过哪里，哪里便会奏起美妙的、诗意的乐章。

　　此文讲述了五粒豆子各自的经历，虽然遭遇不同，它们却都找到了自己满意的归宿。多么快乐的豆子，"该怎么办就怎么办"，多么干脆、豪爽的宣言。最值得玩味的是水沟里的那粒豆，它的得意、它的自我欣赏，让人忍俊不禁，又不得不对它的快乐刮目相看。而"钻进一个长满了青苔和霉菌的裂缝"的那粒豆子是最有意义的，它的出现给一个病重的小女孩带来了生的希望和勇气。该给它颁一个最佳成就奖。

　　翻开《安徒生童话》的那一刻，你仿佛会听见一个声音在说："阅读是如此快乐的一件事。那是眼睛和心灵的对话。"

每个孩子都有会飞的童年
——《彼得·潘》节选

[英国] 詹姆斯·巴里

詹姆斯·巴里（1860—1937），英国著名剧作家、小说家，生于英格兰工人之家，自幼爱好文学。二十二岁毕业于爱丁堡大学，曾任记者、编辑，并不断进行小说创作。1897年，根据他的小说《小牧师》改编成的戏剧，在伦敦深受欢迎，从此，他的主要创作转向戏剧。1904年，童话剧《彼得·潘》问世，轰动一时。此后，它被改写成童话故事，被翻译成多种语言在全球流行。

入选理由：

《彼得·潘》像一面神奇的镜子，映射出一个属于孩子们的奇幻世界，使每一个长大的灵魂重温童年的梦想和快乐。

经典导读：

作者的想象力犹如一条活泼顽皮的山溪，它奔腾跳跃，把流经之处的有趣事物信手拈来，携过一段路，又随手抛下。它时而欢唱，浪花飞溅，时而低吟，仿佛陷进了沉思。

——中国翻译家 杨静远

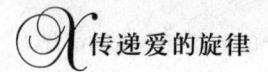

岁月如流水,温迪有了一个女儿。这件事不该用墨水写下,而应用金粉大书特书。

女儿名叫简,她总是一脸好奇,仿佛她一来到世上,就有许多问题要问。等她长到可以发问的年纪,她的问题多半是关于彼得的。她爱听彼得的故事,温迪把她自己所能记得起的事情全讲给女儿听。她讲这些故事的地点,正是那间发生过那次有名的飞行事件的育儿室。现在,这里成了简的育儿室,因为她父亲以低价从温迪的父亲手里买下了这房子。温迪的父亲已经不喜欢爬楼梯了。达林太太已经去世,被遗忘了。

现在育儿室里只有两张床了,简的床和她的保姆的床,狗窝已经没有了,因为娜娜也死了。她是老死的,最后几年,她变得很难相处,因为她非常固执己见,认为除了她,谁也不懂得怎样看孩子。

简的保姆每礼拜有一次休假,这时候,就由温迪照看简上床睡觉——这是讲故事的时候。简发明了一种游戏,她把床单蒙在母亲和自己的头上,当作一顶帐篷。在黑暗里，两人说着悄悄话：

"咱们现在看见什么啦？"

"今晚我什么也没看见。"温迪说，她心想，要是娜娜在的话，她一定不让她们再谈下去。

"你看得见，"简说，"你是一个小姑娘的时候，就看得见。"

"那是很久很久以前的事啦，我的宝贝，"温迪说，"唉，时间飞得多快呀！"

"时间也会飞吗？"这个机灵的孩子问，"就像你小时候那样飞吗？"

"像我那样飞？你知道吧，简，我有时候真闹不清我是不是真的飞过。"

"你飞过。"

"我会飞的那个好时光，已经一去不回了。"

"你现在为什么不能飞，妈妈？"

"因为我长大了，亲爱的。人一长大，就忘了怎么飞了。"

"为什么忘了怎么飞？"

"因为他们不再是快活的、天真的、无忧无虑的。只有快活的、天真的、无忧无虑的才能飞。"

"什么叫快活的、天真的、无忧无虑的？我真希望我也是快活的、天真的、无忧无虑的。"

或许温迪这时候真的悟到了什么，"我想，这都是这间育儿室的缘故。"她说。

"我想也是，"简说，"往下讲吧。"

于是，她们谈到了大冒险的那一夜，先是彼得飞进来找他的影子。

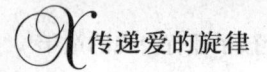

"那个傻家伙,"温迪说,"他想用肥皂把影子粘上,粘不上他就哭,哭声把我惊醒了,我就用针线给他缝上。"

"你漏掉了一点。"简插嘴说,她现在比母亲更熟悉这个故事,"你看见他坐在地板上哭的时候,你说什么来着?"

"我在床上坐起来,说:'孩子,你为什么哭?'"

"对了,就是这样。"简说,出了一大口气。

"后来,他领着我飞到了永无乡,那儿有仙子,还有海盗,还有印第安人,还有人鱼的礁湖,还有地底下的家,还有那间小屋子。"

"对了,你最喜欢的是什么?"

"我想我最喜欢的是地底下的家。"

"对了,我也最喜欢。彼得最后对你说的话是什么?"

"他最后对我说的话是:'你只要一直等着我,总有一夜你会听到我的叫声。'"

"可是,唉!他已经完全把我给忘了。"温迪微笑着说,自己已经长得那么大了。

有一晚,简问:"彼得的叫声是什么样的?"

"是这样的。"温迪说,她试着学彼得叫。

"不对，不是这样，"简郑重地说，"是这样的。"她学得比母亲强多了。

温迪有点吃惊，"宝贝，你怎么知道的？"

"我睡着的时候常常听到。"简说。

"啊，是啊，许多女孩睡着的时候都听到过，可是只有我醒着的时候听到过。"

"你多幸运。"简说。

有一夜悲剧发生了。那是在春天，晚上刚讲完故事，简躺在床上睡着了。温迪坐在地板上，靠近壁炉，就着火光补袜子。因为，育儿室里没有别的亮光。补着补着，她听到一声叫声。窗子像过去一样被吹开了，彼得跳了进来，落在地板上。

彼得还和从前一样，一点没变，温迪立刻看到，他还长着满口的乳牙。

彼得还是一个小男孩，可温迪已经是一个大人了。她在火边缩成一团，一动也不敢动，又尴尬又难堪，一个大女人。

"你好，温迪。"彼得招呼她，他并没有注意到有什么两样，因为他主要只想到了自己。在昏暗的光下，温迪穿的那件白衣服，大概就是他初见她时穿的那件睡衣。

"你好，彼得。"温迪有气无力地回答。她紧缩着身子，尽量把自己变得小些。她内心有个声音在呼叫："女人哪，女人，你放我走。"

"喂，约翰在哪儿？"彼得问，突然发现少了第三张床。

"约翰现在不在这儿。"温迪喘息着说。

"迈克尔睡着了吗？"他随便瞄了简一眼，问道。

"是的。"温迪回答，可她立刻感到自己对简和彼得都不诚实。

"那不是迈克尔。"她连忙改口说，否则要遭报应。

彼得走过去看："喂，这是个新孩子吗？"

"是的。"

"男孩，还是女孩？"

"女孩。"

现在彼得该明白了吧，可是他一点也不明白。

"彼得，"温迪结结巴巴地说，"你希望我跟你一起飞走吗？"

"当然啦，我正是为这个来的。"彼得有点严厉地又说，"你忘记这是春季大扫除的时候了吗？"

温迪知道，用不着告诉他有好多次春季大扫除都被她漏过去了。

"我不能去，"她抱歉地说，"我忘了怎么飞了。"

"我可以马上再教你。"

"啊，彼得，别在我身上浪费时间了。"

温迪站了起来。这时，彼得突然感到一阵恐惧。"怎么回事？"他喊，往后退缩着。

"我去开灯，"温迪说，"你自己一看就明白了。"

彼得有生以来，这是第一次害怕了。"别开灯。"他叫道。

温迪用手抚弄着这可怜的孩子的头发。她已经不是一个为他伤心的小女孩，她是一个成年妇人，微笑地看待这一切。可那是带泪的微笑。

然后，温迪开了灯。彼得看见了，他痛苦地叫了一声，这位高大、美丽的妇人正要弯下身去把他抱起来，他陡然后退。

"怎么回事？"他又喊了一声。

温迪不得不告诉他。

"我老了,彼得。我已经二十好几了,早就长大成人了。"

"你答应过我你不长大的。"

"我没有办法不长大……我是一个结了婚的女人,彼得。"

"不,你不是。"

"是的,床上那个小女孩,就是我的孩子。"

"不,她不是。"

可是,彼得想这小女孩大概真是温迪的孩子。他高高举起了手中的匕首,朝熟睡的孩子走了几步。不过,当然他没有动手。他坐在地板上抽泣起来。温迪不知道怎样安慰他才好,虽然她曾经很容易做到这一点。可她现在只是一个女人,于是她走出房间去好好想想。

彼得还在哭,哭声很快就惊醒了简。简从床上坐起来,马上对彼得产生了兴趣。

"孩子,"她说,"你为什么哭?"

彼得站起来,向她鞠了一躬。她也在床上向彼得鞠了一躬。

"你好。"彼得说。

"你好。"简说。

"我叫彼得·潘。"他告诉她。

"是,我知道。"

"我回来找我母亲,"彼得解释说,"我要带她去永无乡。"

"是,我知道,"简说,"我正等着你呢。"

温迪忐忑不安地走回房间时,看到彼得坐在床柱上得意扬扬地叫喊着,简正穿着睡衣狂喜地绕着房间飞。

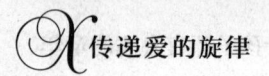传递爱的旋律

"她是我的母亲了。"彼得对温迪解释说。简落下来,站在彼得旁边,她脸上露出了姑娘们注视他时的神情,那是彼得最喜欢看到的。

"他太需要一个母亲了。"简说。

"是呀,我知道,"温迪多少有点凄凉地承认,"谁也没有我知道得清楚。"

"再见了。"彼得对温迪说,他飞到了空中,顾不得体面的简,也随他飞了起来,这已经是她最轻松的移动方式了。

温迪冲到了窗前。

"不,不。"她大喊。

"只是去进行春季大扫除罢了,"简说,"他要我去帮他进行春季大扫除。"

"要是我能跟你们一道去就好了。"温迪叹了一口气。

"可你不能飞呀。"简说。

当然,温迪最终还是让他们一道飞走了。我们最后看到温迪时,她正站在窗前,望着他们向天空远去,直到他们小得像星星一般。

你再见到温迪时,会看到她头发变白了,身体又缩小了,因为,这些事是老早老早以前发生的。

简现在是普通的成年人了,女儿名叫玛格丽特。每到春季大扫除时节,除非彼得自己忘记了,他总是来带玛格丽特去永无乡。玛格丽特给彼得讲她自己的故事,彼得聚精会神地听着。

玛格丽特长大后,又会有一个女儿,她又成了彼得的母亲。事情就这样周而复始,只要孩子们是快活的、天真的、无忧无虑的。

---

① 娜娜是温迪的狗,也是她的保姆。

美文赏析：

　　彼得·潘是一个永远也不会长大的孩子,他和仙女们住在幻想中的国度"永无乡"。有一天,他飞进了达林太太的家,把小女孩温迪和她的两个弟弟带回了"永无乡"。在那个神奇的小岛上,温迪成为孩子们的"妈妈",住在把蘑菇当烟囱的"地下之家"。岛上的一切都令人着迷,他们过着新鲜、刺激、有趣的生活,并消灭了凶残狡诈的胡克船长。孩子们回家了,男孩子们在成长中渐渐淡忘了一切。温迪结婚生子,彼得成了她记忆中"玩具匣子里的一点灰尘",可是,一个春天的夜晚,不肯长大的彼得又光临了她的卧室……

　　彼得健忘、调皮、骄傲、英勇、天真,拒绝长大,所有这一切读起来那么熟悉,那正是曾经的我们。当记忆的尘土掩盖了童年的欢乐,每个人都不再记得这样的心声——"我是少年,我是快乐,我是刚出壳的小鸟"。作者缩小了彼得的身体,保留了想象,却放大了自己的声音:让孩子们享受单纯、快乐的童年吧,它不仅珍贵,还很短暂。

　　本文是《彼得·潘》的最后一章,如果没有这一章,我们恐怕也跟孩子们一样,将彼得永远遗忘在时间的尘埃里。"事情就这样周而复始",那些美好的故事,结束后会马上开始,永远不会画上句号。彼得永远存在于每个孩子的童年里,也许,他的身影还会出现在你我的梦中。

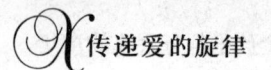

别怕路上多荆棘

——《睿智的光临》

[黎巴嫩] 纪伯伦

纪伯伦（1883—1931），黎巴嫩诗人、小说家、画家。生于黎巴嫩北部一个农民家庭，十四岁开始学习阿拉伯文、法文和绘画。1908年他发表小说《叛逆的灵魂》，走上文坛。前期创作以小说为主，后期创作则以散文为主。此外在诗歌、诗剧、文学评论、书信等方面也有成就。主要作品有《泪与笑》《先知》《行列歌》等。

入选理由：

纪伯伦的作品大多歌颂爱与美，并充满深刻的哲思和寓意。那带有浓郁东方意识的文字被誉为"像东方吹来横扫西方的风暴"。

经典导读：

文笔轻柔优美，如潺潺流水，有迷人的音乐感，并阐述了许多高尚而富有哲理性的教诲。

——黎巴嫩文学史家　汉纳·法胡里

那满含着东方气息的超妙的哲理和流利的文辞，予我以深刻的印象。

——中国作家　冰心

　　夜深人静，睿智来到了我的床前。她像慈母般地瞧着我，抹去我的泪水，说道："我听到了你心灵的呼喊，来到这里，将你安慰。你可以在我面前，敞开你的心扉，我会让光明充满你的心田。有什么疑问，你尽管提出，我可以为你指明真理之路。"于是我说："睿智，告诉我，我是谁，怎么会来到这可怕的地方？这些宏大的愿望、这么多的书、这些奇怪的画都来自哪里？怎么会有这些像鸽群一样联翩的思想？这些反映自己意向的诗句和饶有趣味的散文有什么用？这些拥抱着我的灵魂、叩击着我的心、令人悲伤又令人欢喜的作品会有怎样的命运？我的周围为什么会有这些眼睛——它们看到了我的内心深处，却对我的痛苦不闻不问？这是些什么样的声音——它们对我的童年大唱赞歌，而对我现在的日子号哭伤心？青春是怎么回事——它玩弄我的意愿，蔑视我的情感，忘却昨日的功业，迷恋于当前的琐事，却又埋怨明天来得太慢？这世界是怎么回事——它带我走向何处，我不清楚。为什么它同我一道被人轻侮？为什么大地张开大嘴吞食人们的躯体，却又敞开胸怀让贪婪与野心安居？为什么人们明知前面有悬崖也要前去追

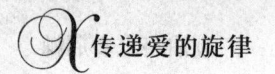

求幸福？为什么即使死神拍他的额头还要求生活的亲吻？为什么愿意花上懊悔一年的代价买得一分钟的快乐？为什么理想在呼唤，他却沉睡不醒？为什么他随同愚昧的溪流直到黑暗的海湾？睿智，这一切究竟是怎么回事？"

她答道："人呀，你想要用神的眼睛来看这个世界，却要用人的思维去弄清楚来世的奥秘，这是极其愚蠢的。你到野外，会发现蜜蜂在花丛中飞来飞去，而老鹰径直向猎物扑去；你到邻居家去，会看到婴孩对光线感到惊奇，而母亲却在忙着家务事。你要像那蜜蜂一样，别去管老鹰的事情而浪费大好春光。你要像那个婴孩一样，为光线而高兴，别去管你妈妈的事情。你看到的一切，过去和将来都是为了你；那么多的书，那些奇异的画和美好的理想，是你先辈心灵的幻影。你写出的诗文，会连接你同你人类弟兄们的心；那些令人悲伤又令人欢喜的作品就是种子，往昔把它撒进心田，未来将会使它丰产；那玩弄你的意愿的青春，会打开你的心扉，让光明充满你的心；这张开大嘴的大地，是让你的肉体摆脱你灵魂的奴役；带着你前进的这个世界就是你的心，因为你的心就是你以为是一个世界的那东西，你认为愚蠢而渺小的人，他来自上帝，通过悲伤学习欢欣，从蒙昧中求得学问……"

睿智把手放在我发烫的额头，说道："向前进，切莫停，前面就是圆满的成功。前进吧，别怕路上多荆棘，因为它使之流出的只是腐败的血液。"

美文赏析：

  纪伯伦的散文如可供人咏叹的诗歌，情感真挚，语言流畅，令人耳目一新。一方面，他的散文仿佛寂静中的鸟鸣，感染你内心的某种东西。他呼唤美，于黑暗之中，于平凡之中，于遗忘之中，并心向往之。生命、自然、时间都被他美妙的文字所歌颂。另一方面，他用独特的、极富个性的语言来启示哲理，让人们在比喻中思考。

  在本文中，作者借"我"之口来表达世人的烦恼、挣扎、迷惘、痛苦——这些只要有人类就会存在的困扰，又借"睿智"之口揭晓答案——"通过悲伤学习欢欣，从蒙昧中求得学问……"。多么睿智的语言，多么清醒的思索，沉静的回答，胜似呐喊，唤醒沉睡的灵魂。

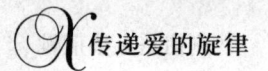

上帝没有忘记我

——《鲁滨孙漂流记》节选

[英国] 丹尼尔·笛福

丹尼尔·笛福（1660—1731），英国现实主义小说奠基人。大器晚成的他为了谋生，尝试过各种职业。五十九岁时，他发表了《鲁滨孙漂流记》，这部根据真实生活原型创作的现实主义小说，深受读者欢迎，一年之内四次再版，他因此被誉为"英国小说之父"。笛福其他重要的作品还有《辛格顿船长》和《摩尔·弗兰德斯》等。

入选理由：

鲁滨孙这个名字已经作为一种精神，提醒人们，只要不放弃，即使在绝境中也会发现生命的启示。不要指望上天眷顾，自救的唯一途径是自立自强。

经典导读：

我们关于自然科学的一切谈话，都不过是对它（《鲁滨孙漂流记》）的一个注释罢了。

——法国作家 卢梭

《鲁滨孙漂流记》记录了人类最伟大的生命历程，一部现成的人类对抗自然和环境的教科书。

——《纽约时报》

上帝没有忘记我

我感到自己前景黯淡。因为，我被凶猛的风暴刮到这荒岛上，远离既定的航线，远离人类正常的贸易航线有数百海里。我想，这完全是出于天意，让我孤苦伶仃，在凄凉中了却余生了。

想到这些，我的眼泪不禁夺眶而出。有时我不禁犯疑，苍天为什么要这样作践自己所创造的生灵，害得他如此不幸，如此孤立无援，又如此沮丧寂寞呢？在这样的环境中，有什么理由要我们认为生活于我们是一种恩赐呢？

可是，每当我这样想的时候，立刻又有另一种思想出现在我的脑海里，并责怪我不应有上述这些念头。特别是有一天，当我正带枪在海边漫步时，我思考着自己目前的处境。这时，理智从另一方面劝慰我："的确，你目前形单影只，孑然一身，这是事实。可是，你不想想，你的那些同伴呢？他们到哪儿去了？你们一同上船时，不是有十一个人吗？那么，其他十个人到哪儿去了呢？为什么他们死了，唯独留下你一个人还活着呢？是在这孤岛上强呢，还是到他们那儿去好呢？"说到去他们那儿时，我用手指了指大海——"他们都已葬身大海了！真

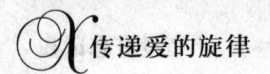

是，我怎么不想想祸福相依和祸不单行的道理呢？"

这时，我又想到，我目前所拥有的一切，殷实充裕，足以维持温饱。要是那只大船不从触礁的地方浮起来漂近海岸，并让我有时间从船上把一切有用的东西取下来，那我现在的处境又会怎样呢？要知道，像我现在的这种机遇，真是千载难逢。假如我现在仍像我初上岸时那样一无所有，既没有任何生活必需品，也没有任何可以制造生活必需品的工具，那我现在的情况又会怎么样呢？"尤其是，"我大声对自己说，"如果我没有枪，没有弹药，没有制造东西的工具，没有衣服穿，没有床睡觉，没有帐篷住，甚至没有任何东西可以遮身，我又该怎么办呢？"可是现在，这些东西我都有，而且相当充足，即使以后弹药用尽了，不用枪我也能活下去。我相信，我这一生绝不会受冻挨饿，因为我早就考虑到各种意外，考虑到将来的日子，不但考虑到弹药用尽之后的情况，甚至想到我将来体衰力竭之后的日子。

我得承认，在考虑这些问题时，并未想到火药会被雷电一下子炸毁的危险。因此，雷电交加之际，忽然想到这个危险，着实使我惊恐万分。这件事我前面已叙述过了。

现在，我要开始过一种寂寞而又忧郁的生活了。这种生活也许在这世界上是前所未闻的。因此，我决定把我生活的情况从头至尾，按时间顺序一一记录下来。我估计，我是9月30日踏上这可怕的海岛。当时刚入秋分，太阳差不多正在头顶上。所以，据我观察，我在北纬九度二十二分的地方。

上岛后约十一二天，我忽然想到，我没有书、笔和墨水，一定会忘记计算日期，甚至连安息日和工作日都会忘记。为了防止发生这种情况，我便用刀子在一根大柱子上用大写字母刻上以下一行句子："我于1659年9月30日在此上岸。"我把柱子做成一个大十字架，立在我第一次上岸的地方。在这柱子的四边，我每天用刀刻一个凹口，每七天刻一个长一倍的凹口，每一月刻一个再长一倍的凹口。就这样，我就有了一个日历，可以计算日月了。

另外，我还应该提一下，我从船上搬下来的东西很多，有些东西价值不大，但用处不小，可是前面我忘记交代了。我这里特别要提一下那些纸、笔、墨水，船长、大副、炮手和木匠的一些东西，三四个罗盘啦，一些观察和计算仪器啦，日晷仪啦、望远镜啦，地图啦，以及航海书籍之类的东西。当时我不管有用没用，通通收拾起来带上岸。同时，我又找到了三本很好的《圣经》，是随我的英国货一起运来的。我上船时，把这几本书打包在我的行李里面。此外，还有几本葡萄牙文的书籍，其中有两三本天主教祈祷书和几本别的书籍。所有这些书本我都小心地保存起来。我也不应忘记告诉读者，船上还有一条狗和两只猫。关于它们奇异的经历，我以后在适当的时候还要谈到。我把两只猫都带上岸，至于那条狗，我第一次上船搬东西时，它就泅水跟我上岸了，后来许多年中，它一直是我忠实的"仆人"。我什么东西也不缺，不必让它帮我猎取什么动物，它也不能作同伴帮我干什么事，但求能与它说说话，可就连这一点它都办不到。我前面已提到，我找到了笔、墨水和纸，但我用得非常节省。你们将会看到，只要我有墨水，我可以把一切都如实记载下来，但一旦墨水用完，我就记不成了，因为我想不出有什么方法可以制造墨水。

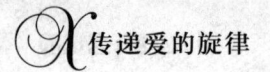传递爱的旋律

这使我想到，尽管我已收集了这么多东西，我还缺少很多很多东西，墨水就是其中之一。其他的东西，像挖土或搬土用的铲子、鹤嘴斧、铁锹以及针线等我都没有。至于内衣、内裤之类，虽然缺乏，不久我也便习惯了。由于缺乏适当的工具，一切工作进行得都特别吃力。我花了差不多整整一年的时间，才把我的小木栅或围墙建筑好。就拿砍木桩而言，木桩很重，我只能竭尽全力选用我能搬得动的。我花了很长时间在树林里把树砍下来削好，至于搬回住处就更费时间了。有时，我得花两天的时间把一根木桩砍下削好再搬回来，第三天再打入地里。作为打桩的工具，我起初找了一块很重的木头，后来才想到了一根起货用的铁棒，可是，就是用铁棒，打桩的工作还是非常艰苦，非常麻烦的。

其实，我有的是时间，工作麻烦一点又何必介意呢？何况筑完围墙，又有什么其他工作可做呢？至少我一时还没有想到要做其他什么事情，无非是在岛上各处走走，寻找食物而已。这是我每天多多少少都要做的一件事。

我开始认真地考虑自己所处的境遇和环境，并把每天的经历用笔详细地记录下来。我这样做，并不是为了留给后人看，因为我相信，在我之后，不会有多少人到这荒岛上来。我这样做，只是为了抒发胸中的心事，每日可以浏览，聊以自慰。现在，我已开始振作，不再灰心丧气，因此，我尽量自勉自慰。我把当前的祸福利害一一加以比较，以使自己知足安命。我按照记账的格式，分"借方"和"贷方"，把我的幸运和不幸，好处和坏处公允地排列出来——

*祸与害：

我流落荒岛，摆脱困境已属无望；

唯我独存，孤苦伶仃，困苦万状；

我与世隔绝，仿佛是一个隐士，一个流放者；

我没有衣服穿；

我无法抵御野人或野兽的袭击；

我没有人可以交谈，也没有人能解救我。

*福与利：

唯我独生，船上同伴皆葬身海底；

在全体船员中，我独免一死；

上帝既然以其神力救我一命，也必然会救我脱离目前的困境；

小岛虽荒凉，但我尚有粮食，不至于饿死；

我地处热带，即使没有衣服也不冷。

在我所流落的孤岛上，没有我在非洲看到的那些猛兽。假如我在非洲沿岸覆舟，那又会怎样呢？但上帝神奇地把船送到海岸附近，使我可以从船上取下许多有用的东西，让我终身受用不尽。

总而言之，从上述情况看，我目前的悲惨处境在世界上是绝无仅有的。但是，即使在这样的处境中，也祸福相依，有值得庆幸之处。我希望世人都能从我不幸的遭遇中取得经验和教训。那就是，在万般不幸之中，可以把祸福利弊一一加以比较，找出可以聊以自慰的事情，然后可以归入账目的"贷方金额"这一项。

现在，我对自己的处境稍感宽慰，就不再对着海面望眼欲穿，希求有什么船只经过了。我已把这些事丢在一边，开始筹划度日之计，并尽可能地改善自己的生活。

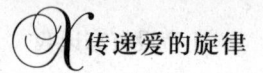

美文赏析：

　　这是一个人与困境斗争的故事。鲁滨孙是一个酷爱冒险的年轻人，在一次航海中船只失事，他流落到一个荒无人烟的小岛上。面对种种生存危机，他没有气馁，凭借顽强的生存意志，依靠智慧和勤劳，自力更生，开辟了一个新天地。建房、种植、养羊、造船，与野人周旋，并搭救了黑人"星期五"。他以超人的毅力克服了各种困难，始终没有放弃生活的希望，二十八年后终于获救。鲁滨孙不畏艰险，积极自救，将人的潜能发挥到极致。在救出"星期五"之前，他独自在岛上生活了二十四年，孤独一直如影随形。荒岛生涯的后期，他发现了"野人脚印"，这是一个潜在的威胁，恐惧困扰了他多年。这些精神上的折磨比恶劣的环境更容易摧毁人的信念。而鲁滨孙凭借不灭的信念和钢铁般的意志得以生存下来。

　　本文描写的是鲁滨孙初落岛上的情形。经过短暂的忧虑，他迅速调整了情绪，投入到实际的生活中去。并且，他把境遇的优劣做了一番比较，勉励自己。情况不是太坏，"福祸相依""值得庆幸"。单是这种良好的心态，就值得称道。有时，我们并不缺乏力量对抗困难，只是单单少了这份乐观的心态。境由心造——人生的境遇从不同的角度看去，会得到不同的解释，乐观的心永远看得见乌云镶着的金边——那是光明的方向。

江南，梦栖息的地方

——《江南的冬景》

[中国] 郁达夫

郁达夫（1896—1945），浙江富阳（今杭州市富阳区）人，中国现代著名小说家、散文家、诗人。郁达夫精通五门外语，分别为日语、英语、德语、法语、马来语，代表作有《沉沦》《故都的秋》《春风沉醉的晚上》《过去》《迟桂花》等。他曾与鲁迅创刊合编《奔流》。

入选理由：

郁达夫一生著述宏富，从1928年起有多部文集出版，其创作风格独特，成就卓著，尤以小说和散文著称，影响广泛。而这篇《江南的冬景》，以温婉清新的笔调描绘江南的冬天，在画面之外，是作者对故乡深情的怀想。

经典导读：

达夫的散文，如行云流水中映着霞绮。浓淡疏密，无笔不美，灵动浑成，功力惊人。

——中国画家　刘海粟

凡在北国过过冬天的人,总都道围炉煮茗,或吃涮羊肉,剥花生米,饮白干的滋味。而有地炉、暖炕等设备的人家,不管它门外面是雪深几尺,或风大若雷,而躲在屋里过活的两三个月的生活,却是一年之中最有劲的一段蛰居异境;老年人不必说,就是顶喜欢活动的小孩子们,总也是个个在怀恋的,因为当这中间,有的萝卜、雅儿梨等水果的闲食,还有大年夜,正月初一元宵等热闹的节期。

但在江南,可又不同;冬至过后,大江以南的树叶,也不至于脱尽。寒风——西北风——间或吹来,至多也不过冷了一日两日。到得灰云扫尽,落叶满街,晨霜白得像黑女脸上的脂粉似的清早,太阳一上屋檐,鸟雀便又在吱叫,泥地里便又放出水蒸气来,老翁小孩就又可以上门前的隙地里去坐着曝背谈天,营屋外的生涯了;这一种江南的冬景,岂不也可爱得很么?

我生长江南,儿时所受的江南冬日的印象,铭刻特深;虽则渐入中年,又爱上了晚秋,以为秋天正是读读书,写写字的人的最惠节季,但对于江南的冬景,总觉得是可以抵得过北方夏夜的一种特殊情调,说得摩登些,便是一种明朗的情调。

　　我也曾到过闽粤，在那里过冬天，和暖原极和暖，有时候到了阴历的年边，说不定还不得不拿出纱衫来着；走过野人的篱落，更还看得见许多杂七杂八的秋花！一番阵雨雷鸣过后，凉冷一点，至多也只好换上一件夹衣，在闽粤之间，皮袍棉袄是绝对用不着的；这一种极南的气候异状，并不是我所说的江南的冬景，只能叫它作南国的长春，是春或秋的延长。

　　江南的地质丰腴而润泽，所以含得住热气，养得住植物；因而长江一带，芦花可以到冬至而不败，红叶也有时候会保持得三个月以上的生命。像钱塘江两岸的乌桕树，则红叶落后，还有雪白的桕子着在枝头，一点一丛，用照相机照将出来，可以乱梅花之真。草色顶多成了赭色，根边总带点绿意，非但野火烧不尽，就是寒风也吹不倒的。若遇到风和日暖的午后，你一个人肯上冬郊去走走，则青天碧落之下，你不但感不到岁时的肃杀，并且还可以饱觉着一种莫名其妙的含蓄在那里的生气；"若是冬天来了，春天也总马上会来"的诗人的名句，只有在江南的山野里，最容易体会得出。

　　说起了寒郊的散步，实在是江南的冬日，所给与江南居住者的一种特异的恩惠；在北方的冰天雪地里生长的人，是终他的一生，也决不会有享受这一种清福的机会的。我不知道德国的冬天，比起我们江浙来如何，但从许多作家喜欢以Spaziergang一字来做他们的创造题目的一点看来，大约是德国南部地方，四季的变迁，总也和我们的江南差仿不多。譬如说十九世纪的那位乡土诗人洛在格（Peter Rosegger，1843—1918）吧，他用这一个"散步"做题目的文章尤其写得多，而所写的情形，却又是大半可以拿到中国江浙的山区地方来适用的。

　　江南河港交流，且又地滨大海，湖沼特多，故空气里时含水分；到得冬天，

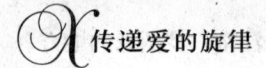 传递爱的旋律

不时也会下着微雨,而这微雨寒村里的冬霖景象,又是一种说不出的悠闲境界。你试想想,秋收过后,河流边三五家人家会聚在一道的一个小村子里,门对长桥,窗临远阜,这中间又多是树枝槎丫的杂木树林;在这一幅冬日农村的图上,再洒上一层细得同粉也似的白雨,加上一层淡得几不成墨的背景,你说还够不够悠闲?若再要点景致进去,则门前可以泊一只乌篷小船,茅屋里可以添几个喧哗的酒客,天垂暮了,还可以加一味红黄,在茅屋窗中画上一圈暗示着灯光的月晕。人到了这一个境界,自然会得胸襟洒脱起来。终至于得失俱亡,死生不同了;我们总该还记得唐朝那位诗人做的"暮雨潇潇江上村"的一首绝句吧?诗人到此,连对绿林豪客都客气起来了,这不是江南冬景的迷人又是什么?

一提到雨,也就必然的要想到雪:"晚来天欲雪,能饮一杯无?"自然是江南日暮的雪景。"寒沙梅影路,微雪酒香村",则雪月梅的冬宵三友,会合在一

道，在调戏酒姑娘了。"柴门闻犬吠，风雪夜归人"，是江南雪夜，更深人静后的景况。"前树深雪里，昨夜一枝开"又到了第二天的早晨，和狗一样喜欢弄雪的村童来报告村景了。诗人的诗句，也许不尽是在江南所写，而做这几句诗的诗人，也许不尽是江南人，但假了这几句诗来描写江南的雪景，岂不直截了当，比我这一枝愚劣的笔所写的散文更美丽得多？

有几年，在江南也许会没有雨没有雪的过一个冬，到了春间阴历的正月底或二月初再冷一冷下一点春雪的；去年（一九三四）的冬天是如此，今年的冬天恐怕也不得不然，以节气推算起来，大约大冷的日子，将在一九三六年的二月尽头，最多也总不过是七八天的样子。像这样的冬天，乡下人叫作旱冬，对于麦的收成或者好些，但是人口却要受到损伤；旱得久了，白喉，流行性感冒等疾病自然容易上身，可是想恣意享受江南的冬景的人，在这一种冬天，倒只会得到快活一点，因为晴和的日子多了，上郊外去闲步逍遥的机会自然也多；日本人叫作Hiking，德国人叫作Spaziergang狂者，所最欢迎的也就是这样的冬天。

窗外的天气晴朗得像晚秋一样；晴空的高爽，日光的洋溢，引诱得使你在房间里坐不住，空言不如实践，这一种无聊的杂文，我也不想再写下去了，还是拿起手杖，搁下纸笔，上湖上散散步吧！

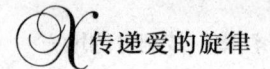

美文赏析：

　　郁达夫被认为是20世纪中国最有才华、最具爱国热情的作家之一。他怀着满腔爱国热情写下了无数散文、诗歌、小说等作品。这些作品在当时的中国激起了巨大的波澜，他把率真的个性、直面黑暗的勇气融入这些文字。直到今天，我们再读他的文章，仍然感觉一股清新、酣畅、明丽之风迎面而来。

　　人人尽说江南好，大多数人爱的却是"春来江水绿如蓝"的江南之春，江南的冬天已被遗忘。这篇《江南的冬景》，为我们展示了一个别具特色的江南。作者向我们娓娓道来：冬日的阳光、吱叫的鸟雀、曝背谈天的老翁和小孩、泥地里的水蒸气、不败的芦花、艳丽的红叶、带着绿意的草、适宜散步的郊外。

　　他以景寄情，以情衬景，向读者描绘了一个充满明朗情调的江南：只有生气，没有肃杀；只有温情，没有冷清。一言一语、一草一木都饱含了他对家乡的热爱之情。如果把江南的春天比作春花，那么他笔下江南的冬日无疑可称秋月。无论在江南微雨的悠闲中，还是在江南暮雪的情境里，郁达夫都想向我们传达一种洒脱、乐观、向上的精神。事实上，他做到了。

自然之色
——德富芦花散文三篇

[日本] 德富芦花

德富芦花（1868—1927），日本近代著名社会派小说家、散文家，生于熊本县。少年时受自由民权运动熏陶，1885年信奉基督教，1888年在熊本县任教，翌年入民友社任校对，并开始写作。1898年凭借小说《不如归》崭露头角。1903年发表长篇小说《黑潮》，震惊日本文坛。在传记、小说、散文、随笔等领域均有建树，著有随笔集《自然与人生》《青山白云》《蚯蚓的呓语》等。

入选理由：

德富芦花的散文如风景名胜，令人痴迷其中，流连忘返。他的审美不仅仅有日本式的幽微婉丽，还包含着天风海雨似的豪气。每一个热爱自然的人都会被他打动，美，原本就无国界。

经典导读：

德富芦花，用文字为自然画像的作家，他对自然的出色专注，将让每一个阅读《自然与人生》的读者顿悟：我们功利之外的世界是多么亲切美好。

——中国散文家　苇岸

春雨后的上州

　　从伊香保出发时，雨点滴在伞上。待到了涩川，雨已停住。过了混浊的利根川，朝着前桥方向走了半里路光景，乌云逐渐往北卷去。中午，阳光普洒大地。

　　雨后，日光普照，万物生辉，色彩艳丽。繁茂的桑园宛如浩瀚的大海，一望无际。露水滋润的片片桑叶，经雨水洗刷，吐纳着阳光，如燃烧着金绿色的火焰一般，晃晃如照。桑园之间的田地里，大麦与小麦泛起白金色的穗浪。远近的村子里，树木葱茏，苍翠映碧。红白相间的鲤鱼形彩旗处处可见，随风飘扬。其间看到妙义、榛名、小野子、子持诸峰，隐隐约约浮现在纯碧的霞雾之中。群峰间，可望见越路山上的皑皑白雪。放眼看去，几乎家家房顶上都种着菖蒲。时值5月上旬，紫花绿叶，浓淡相宜，簇簇而生，令人感到颇像茅舍簪花一般。一阵凉风吹来，稚嫩的桑叶舒心地抖动着身子，毫不吝惜地洒落钻石一般的水珠。居家房顶上的菖蒲花似乎轻轻地抚摩着碧空，频频颔首。刚才堆积在天际一隅的团云，不知何时融化了，散开了，流去了。而今好似被风梳理过的两三条羊毛般的云絮在碧空中飘浮，忽而又渐渐流去，慢慢消失。此时此景，多么令人陶醉。听吧，拂去露水，采桑叶的少女们的歌声，正在田野里回荡呢。

我感到，上州的田野景色绝不是平凡无奇的。

八汐山之花

离开马返之时，雨簌簌而下。不久，雨止。春云如棉，东一片，西一片，舒卷飘浮着。云间露出淡紫色的天空，给人一种不可言喻的温馨。

道路弯进了深泽峡谷，大谷川的河水之美难以形容。大谷川——与其说是河，不如说是绵绵不绝的飞瀑。冰消雪融之后的清冷之水，流到这儿似乎又变回原来的冰雪，在一个又一个峡谷中曲折迂回，在一座又一座悬崖间跳跃翻腾，飞奔而下。每一次飞跃，都腾起雪浪。每一朵浪花都在阳光下，闪耀着金紫色。落下的浪花再涌上来时，呈现青绿色，望去冷艳清美，妙不可言。此等色彩唯眼可观之，而不可以心思之，更难以用语言来表达。我唯有站在岩崖上，惊叹流水之美了。

脚下的流水之美固然令人看了出神，但切莫忘了看头顶八汐山上盛开的鲜花。

艳红的花朵，浓于樱花，淡于蔷薇，又以稚嫩的片片绿叶相配，映在灰白色的枯树上。有的背衬着春空，伫立于峰顶，有的一树斜挂在峭壁上。含苞的花朵呈现深红色，盛开的花朵呈现浅红色，漫山遍野，嫣红如照。八汐山之美真是难以用语言形容。时而，自男体山的峰顶降下片片浮云，如大鹏展翅，飞山渡谷，互相追逐，掠过一道又一道光与影。看到远处的花丛，隐在薄雾中，淡若烟霞，又见近处的花丛，缀满枝头，沐浴在阳光下，鲜艳夺目，微微绽露着片片花唇。

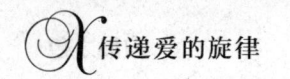

浮云行空，山、水、花，忽而沐浴在日光中，忽而隐没在云影里，时而欢笑，时而忧郁，变幻无穷，妙趣横生。

相模湾夕照

太阳穿过云层，灰蒙蒙地落在小坪山上，在富士山东北角，剩下一抹红黄色夕照。其余呈现阴阴郁郁的紫褐色，天空昏昏沉沉，不值一观。

伫立河边，俯首垂钓，昏暗的水面渐渐明亮起来，仿佛燃起了火焰。四周奇妙地越来越清朗，宛如落日的脚步又在往回走。举头望见，富士山东北角的一抹红黄色的夕照，忽而如灵魂再现一般，又赫然燃烧起来。

啊，人们常叹无法挽回逝去的落日，可是君不见黄昏的太阳，又返回白昼了吗？天际一隅，红黄色的火焰犹如刚刚燃起似的，在西天渐渐蔓延，一秒又一秒，一分又一分，越燃越高，越燃越红，似乎渐渐达到了极致。于是，石榴花一般的红色火焰，又燃遍了天空，燃遍了大地，燃遍了高山，燃遍了农家，连站在门口观望落日的邻家老翁都面如赤鬼，然而我的脸和手却未被烤焦，令我惊诧不已。

云被燃尽散去，富士诸峰尽染浓浓的紫色。

举目仰望，西天宛如半面硕大的旗帜，以富士为日轮的中心，一道道金光，由细变宽，放射出数十条强烈的石榴花红的光芒，从地平线射向天空，恰似地心失火，巨大的火焰一瞬间冲向天心，飞腾而上。火光冲云霄，大海如火烧，也许无数水族会受惊而死。

过了十分钟，满天的黄焰燃成一片血红色，阴森可怖，鬼气袭人。又过了五分钟，血红色变成了暗红色。眼看着火焰渐渐消失，如一场梦醒来，天地又骤然变得幽暗起来。

美文赏析：

德富芦花妙笔生花，把自然的美景描绘得淋漓尽致。他用字遣词简约优美，浑然天成，如一块掘之于自然的美玉，全无斧凿之痕。他用笔之精达到了出神入化的程度，读者被带入如梦似幻的境地，眼在文中走，人在画中游。

春天的田野，不用添一枝一蔓，就是一首秀丽的田园诗。作者置身海也似的桑园，大自然的色彩尽收眼底，白金色的麦浪、纯碧的霞雾以及群峰间皑皑的白雪。连平淡无奇的茅舍也沾了春天的光，如同簪起花般，令人产生无限遐想。

把落日比作火焰，足见热烈之势。而观火焰的绚烂归于平淡，不由得让人联想到勇士战死沙场的一幕，没有悲愤，只有壮烈。观落日的老翁"面如赤鬼"，乃神来之笔，只消这一句，我们就可想见那夕阳的颜色了。

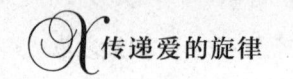

在寂静的幸福之邦

——《静》

[俄国]伊凡·蒲宁

伊凡·蒲宁（1870—1953），俄国著名小说家、散文家、诗人，1933年度诺贝尔文学奖得主。他出生在一个没落贵族家庭，十七岁开始在报刊上发表诗作和小说，十九岁开始闯荡社会，曾做过图书管理员、报社记者等。诗集《落叶》获普希金奖，那时他仅二十一岁。此后致力于中短篇小说的创作。1920年侨居法国。他在各个时期有不同风格的作品问世，著有小说《古代人生》《乡村》《乌鸦》《阿尔谢尼耶夫的一生》，散文《旧金山来的绅士》《兄弟们》等。

入选理由：

蒲宁的散文生动唯美，充满着音乐般的韵律，使读者不知不觉微醺微醉。他善于在自然的景物中"寻找声音"，使得他的文字有流动的美感。

经典导读：

蒲宁的散文非常出色，如果加以评论，可以说他是当代优秀的修辞家。

——苏联作家 高尔基

他严谨的艺术才能，使俄罗斯古典传统在散文中得到继承。

——瑞典文学院评

我们是在夜里到达日内瓦的,正下着雨。拂晓前,雨停了。雨后初霁,空气变得分外清新。我们推开阳台门,秋晨的凉意扑面而来,使人陶然欲醉。由湖上升起的乳白色的雾霭,弥漫在大街小巷中。旭日虽然还是朦朦胧胧的,却已经朝气蓬勃地在雾中放着光。湿润的晨飔轻轻地拂弄着盘绕在阳台柱子上的野葡萄的血红的叶子。我们盥漱过后,匆匆穿好衣服,走出了旅社,由于昨晚沉沉地睡了一觉,精神抖擞,准备去尽情畅游,而且怀着一种年轻人的预感,认为今天必有什么美好的事在等待着我们。

"上帝又赐予了我们一个美丽的早晨,"我的旅伴对我说,"你发现没有,我们每到一地,第二天总是风和日丽?千万别抽烟,只喝牛奶和吃蔬菜。以空气为生,随日出而起,这会使我们神清气爽!不消多久,不但医生,连诗人都会这么说的……别抽烟,千万别抽,我们就可体验到那种久已生疏了的感觉,感觉到洁净,感觉到青春的活力。"

可是日内瓦在哪里?有片刻工夫,我们茫然地停下来。远处的一切,都被轻

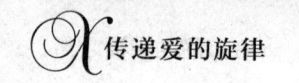

纱一般的雾覆盖着。只有街转角处的马路沐浴在霞光下，好似黄金铸成的。于是，我们快步朝着马路走去。

初阳已透过雾霭，照暖了空无一人的堤岸，眼前的一切无不光芒四射。然而山谷、日内瓦湖和远处的萨瓦山脉依然在吐出料峭的寒气。我们走到湖堤上，不由得惊喜交加地站住了脚，每当人们突然看到无涯无际的海洋、湖泊，或者从高山之巅俯视山谷时，都会情不自禁地产生这种又惊又喜的感觉。萨瓦山消融在晨岚之中，在阳光下难以辨清，只有定睛望去，方能看到山脊好似一条细细的金线，迤逦于半空之中，这时你才会感觉到那边绵亘着重峦叠嶂。近处，在宽广的山谷内，在凉飕飕的、润湿而又清新的雾气中，横着蔚蓝、清澈、深邃的日内瓦湖。湖还在沉睡，簇拥在市口的斜帆小艇也还在沉睡。它们就像张开了灰色羽翼的巨鸟，但是在清晨的寂静中还无力展翅高飞。两三只海鸥紧贴着湖水悠闲地翱翔着，冷不丁其中一只，忽地从我们身旁掠过，朝街上飞去。我们立即转过身去望着它，只见它猛地又转过身子飞了回来，想必是被它所不习惯的街景吓坏了……日出之际，有海鸥飞进城来，住在这个城市里的居民该有多幸福呀！

我们急欲进入群山的怀抱，泛舟湖上，航向远处的什么地方……然而雾还没有散，我们只得信步往市区走去，在酒店里买了酒和干酪，欣赏着纤尘不染的街道和花园中美丽如画的杨树和法国梧桐。

"你知道吗？"我的旅伴对我说，"我每到一地总是不敢相信我真的到了这个地方，因为这些地方，我过去只能看着地图，幻想前去一游，并且时时提醒自己，这只不过是幻想而已。意大利就在这些崇山峻岭的后边，离我们非常之近，你感觉到了吗？在这奇妙的秋天，你感觉到南国的存在了吗？瞧，那边是萨瓦省①，就是我们童年时代阅读过的催人泪下的故事中所描写的牵着猴子的萨瓦孩子们的故乡！"

　　码头旁，游艇和船夫都在阳光下打着瞌睡。在蓝莹莹的清澈的湖水中，可以看到湖底的沙砾、木桩和船骸。这完全像夏天的早晨，只有主宰着透明空气的那种静谧，告诉人们现在已是晚秋。雾已经消散得无影无踪，顺着山谷，极目向湖面望去，可以看得异乎寻常地远。我们迫不及待地脱掉上衣，卷起袖子，拿起了桨。码头落在船后了，离我们越来越远。离我们越来越远的还有在阳光下的市区、湖滨和公园……前面波光粼粼，耀得我们眼睛都花了，船侧的湖水越来越深，越来越沉，也越来越透明。把桨插入水中，感觉水的弹性，望着从桨下飞溅出来的水珠，真是一大乐事。我回过头去，看到了我旅伴那升起红晕的脸庞，看到了无拘无束地、宁静地荡漾在坡度和缓的群山中间的浩瀚的碧波，看到了漫山遍野正在转黄的树林和葡萄园，以及掩映其间的一幢幢别墅。有一段时间，我们停住了桨，周遭顿时静了下来，静得那么深邃。我们闭上眼睛，久久倾听着，什么声音也没有，只有船划过水面时，湖水流过船侧发出的一成不变的汨汨声。甚至单凭这汨汨的水声也可猜出湖水多么洁净，多么清澈。

　　"划吗？"我问。

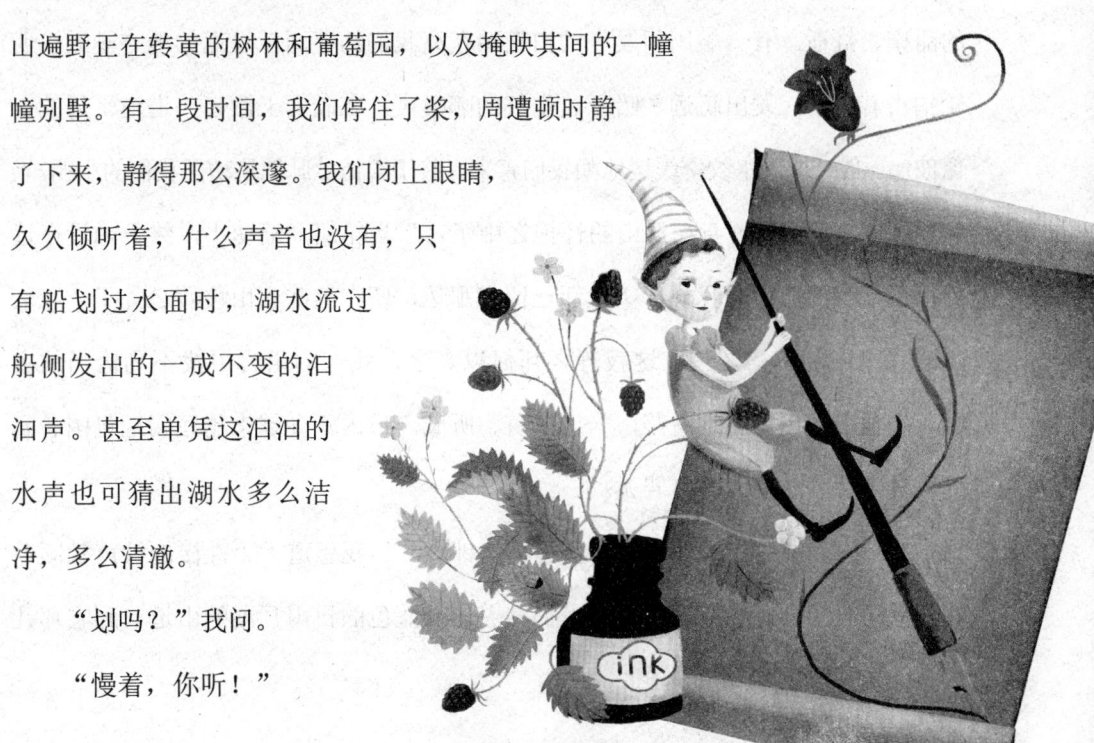

　　"慢着，你听！"

传递爱的旋律

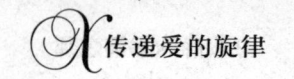

我把桨提出水面，连汩汩的水声也渐渐消失。从桨上滴下一滴水珠，然后又是一滴……太阳照得我们的脸越来越热……就在这时，一阵悠扬的钟声，从很远很远的地方飘至我们耳际，这是深山中某处的一口孤钟。它离我们那么远，有时我们只能隐隐约约听到它的声音。

"你还记得科隆②大教堂的钟声吗？"我的旅伴压低声音问我。

"那天我比你醒得早，天才刚刚拂晓，我就站在洞开的窗旁。久久地倾听着独自在古老的城市上空回荡的清脆的钟声。你还记得科隆大教堂的管风琴和那种中世纪的壮丽吗？还有莱茵省③，那些古老的城市，古老的图画，还有巴黎……然而那一切都无法和这里相比，这里更美……"

由深山中隐隐传至我们耳际的钟声温柔而又纯净，闭目坐在船上，侧耳倾听着这钟声，享受着太阳照在我们脸上的暖意和从水上升起的轻柔的凉意，是何等的甜蜜、舒适。有一艘闪闪发亮的白轮船在离我们约莫两俄里远的地方驶过，明轮拍击着湖水，发出疏远、喑哑、生气的嘟囔声，在湖面上激起一道道平展的、像玻璃一般透明的水纹，缓缓地朝我们奔来，终于柔情脉脉地晃动了我们的小船。

"瞧，我们已置身在群山的怀抱之中了，"当轮船渐渐变小，终于隐没在远处以后，我的旅伴对我说，"生活已留在那边，留在这些崇山峻岭之外了，我们已进入寂静的幸福之邦，这寂静之邦何以名之，我们的语言中找不到恰当的字眼。"他一边慢慢地划着桨，一边讲着、听着。日内瓦湖越来越辽阔地包围着我们。钟声忽近忽远，若有若无。

"在深山中的什么地方有一座小小的钟楼，"我想道，"钟楼的钟声赞颂着礼拜天早晨的安谧和寂静，召唤人们踏着俯瞰蓝色的日内瓦湖的山道，到它那儿去……"

极目四望，山上大大小小的树林都抹上了绚丽而又柔和的秋色，一幢幢美丽的别墅正在清静地度过这阳光明媚的秋日……我舀了一杯水，把茶杯洗净，然后把水泼往空中。

"你记得《曼弗雷德》④吗？"我的同伴说，"曼弗雷德站在伯尔尼兹⑤山中的瀑布前。时值正午，他念着咒语，用双手捧起一掬清水，泼向半空。于是在瀑布的彩虹中立刻出现了童贞圣母山……写得多美呀！此刻我就在想，人也可以崇拜水，建立拜水教，就像建立拜火教一样……自然界的神力真是不可思议！人活在世上，呼吸着空气，看到天空、水、太阳，这是多么巨大的幸福！可我们仍然感到不幸福！为什么？是因为我们的生命短暂，因为我们孤独，因为我们的生活谬误百出？就拿这日内瓦湖来说吧，当年雪莱来过这儿，拜伦来过这儿……后来，莫泊桑也来过，他孑然一身，可他的心却渴望整个世界都幸福。当年所有的理想主义者，所有的恋人，所有的年轻人，所有来这里寻求幸福的人都已弃世而去，永远消逝了。我和你有朝一日，同样也将弃世而去……你想喝点酒吗？"我把玻璃杯递过去，他给我斟满酒，然后带着一抹忧郁的微笑，加补说："我觉得，有朝一日我将融入这片亘古长存的寂静中，我们都站在它的门口，我们的幸福就在那扇门里边。你是否记得易卜生的那句话：'玛亚，你听见这寂静吗？'⑥我也要问你，你有没有听见这群山的寂静呢？"

我们久久地遥望着重重叠叠的山峦和笼罩着山峦的洁净、柔和的碧空，空中充溢着秋季的无望的气氛。我们想象着我们远远地进入了深山的腹地，人类的足迹还从未踏到过那里……太阳照射着四周都被山岭锁住的深谷，有只兀鹰翱翔在山岭与蓝天之间的广阔的空中……山里只有我们两人，我们越来越远地向深山中走去，就像那些为了寻找火绒草而死于深山老林中的人一样……

传递爱的旋律

　　我们不慌不忙地划着桨，倾听着正在消失的钟声，谈论着我们去萨瓦省的旅行，商量我们在哪些地方可以逗留多少时间，可我们的心却不由自主地离开话题，时时刻刻在向往着幸福。我们以前从未见到过的自然景色的美以及艺术的美和宗教的美，不论是哪里的，都激起我们的渴求，渴求我们的生活也能升华到这种美的高度，用发自内心的欢乐来充实这种美，并同人们一起分享我们的欢乐。我们在旅途中，无论到哪里，凡是我们所注视的女性无不渴求着爱情，那是一种高尚的、罗曼蒂克的、极其敏感的爱情，而这种爱情几乎使那些在我们眼前一晃而过的完美的女性形象神化了……然而这种幸福会不会是空中楼阁呢？否则为什么随着我们一步步去追求它，它却一步步地往郁郁苍苍的树林和山岭中退去，离我们越来越远？

　　那位和我在旅途中一起体验了那么多欢乐和痛苦的旅伴，是我一生中所爱的有限的几个人中的一个，我的这篇短文就是献给他的。同时，我还借这篇短文向我们俩所有志同道合的漂泊天涯的朋友们致敬。

---

① 法国省名，毗邻瑞士。
② 德国城市名。
③ 法国省名。
④ 《曼弗雷德》是英国诗人拜伦的诗剧，发表于1817年。1903年，蒲宁将其译成俄文。
⑤ 位于瑞士南部，是阿尔卑斯山脉的一部分。
⑥ 语出挪威剧作家易卜生所著《当我们这些死者苏醒的时候》一剧的第一幕。

美文赏析：

  这是描写日内瓦湖的一篇散文，秋天的凉意、小雨、雾都不曾消减一分作者的游兴。和旅伴一起"怀着年轻人的预感"去寻找日内瓦湖的行动，为他带来了巨大的惊喜。他泛舟湖上，渐渐远离了市区和码头，这时他"看"到了清澈的湖水、同伴"升起红晕的脸庞"、群山、碧波、葡萄园和掩映其间的别墅，闭上眼"听"到一种来自自然的静谧，为了不打破这宁静，他提起了桨，连流水的"汩汩"声也消失了。这一刻，人与自然的和谐达到了最高境界。听着隐约的钟声，置身这宜人的湖光山色中，什么都可以不说，缓缓地行舟，倾听"群山的寂静"，什么都可以说，诗剧、生命、将来，所有的话题都显得那么美好。就这样听着、看着、说着，感受着自然的神奇，心灵也随之妥帖、纯净，而在明天的旅途中，追寻天地之美的脚步还将继续。

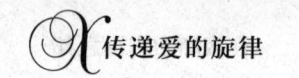

快乐的歌者
——《昆虫记》节选

[法国] 亨利·法布尔

亨利·法布尔（1823—1915），法国昆虫学家、动物行为学家、作家，被世人称为"昆虫界的荷马""昆虫界的维吉尔"。他出身于贫困的农民家庭，当过中学教师，通过自学先后取得业士学位、数学学士学位、自然科学学士学位和自然科学博士学位，穷毕生之力对植物、动物特别是昆虫的生活，进行了深入细致的考察和研究，并将大量亲身观察所得写成著名的十卷本《观察手记》，又名《昆虫记》。另著有《自然科学编年史》等。

入选理由：

《昆虫记》详细真实地记录了昆虫的习性和本能，且饱含感性的人文色彩，表现出昆虫的灵性与尊严，流露出对生命的深切关怀，体现了自然科学与文学艺术的自然相融。

经典导读：

《昆虫记》使我们能够透过法布尔的著作领悟他精神之精髓。如果这种精神能够唤起我们关爱大自然，敬畏生命，哪怕是微小如昆虫的生命，我们的世界将会充满爱，我们的家园将会变得更美好。

——编辑 邹靖华

这的确可以说是一件非常精致的乐器，比螽斯的要高级得多。弓上的一百五十个三棱柱齿与左鞘翅的梯级互相啮合，使四个扬琴同时振动，下面的两个扬琴靠直接摩擦发音，上面的两个则由摩擦工具振动发声。所以，它发出的声音是多么雄浑有力啊！螽斯只有一个不起眼的镜膜，声音只能传到几步远的地方，而蟋蟀有四个振动器，歌声可以传到数百米以外。

蟋蟀的声音可以与蝉清澈的鸣叫相抗衡，而且还不像蝉的叫声那么沙哑，令人讨厌。比较来说，蟋蟀的声音要更好一些，这是因为它知道如何调节曲调。蟋蟀的鞘翅向着两个不同的方向伸出，形成一个阔边，这就形成了制音器，如果把它放低一点，那么就能改变其发出声音的强度。根据它与蟋蟀柔软的身体接触程度的不同，可以让它一会儿发出柔和的低声吟唱，一会儿又发出极高亢的声调。

蟋蟀身上的两个鞘翅完全相似，我可以清楚地看到右鞘翅上面的弓和四个发音部位是如何工作的。但下面的那一个，即左鞘翅的弓又有什么样的用处呢？它并不同任何东西接触，只是一件摆设品，永远派不上用场。如果把它拿到上面

传递爱的旋律

呢？让上下鞘翅换一下位置，发音器的功用都是一样的，只不过以前用的是右鞘翅上的，现在要尝试一下左鞘翅，但是所演奏出来的调子还是一样的。

最初，我以为蟋蟀的两只弓都是有用的，但是观察的结果恰恰与我的推测相反。我所观察过的众多蟋蟀都是右鞘翅盖在左鞘翅上的，没有一只例外。

我甚至用人为的方法来做这件事情。我非常轻巧地，用我的钳子，将蟋蟀的左鞘翅放在右鞘翅上，绝不碰破一点儿皮。只要有一点技巧和耐心，这件事情是容易做到的。事情的各方面都做得很好，肩上没有脱落，翼膜也没有褶皱。

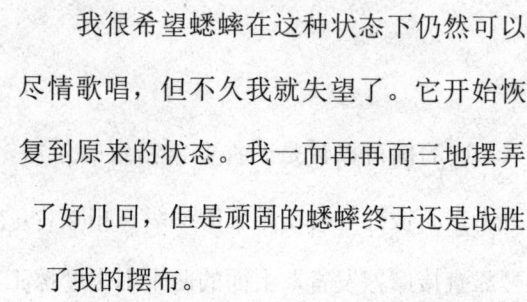

我很希望蟋蟀在这种状态下仍然可以尽情歌唱，但不久我就失望了。它开始恢复到原来的状态。我一而再再而三地摆弄了好几回，但是顽固的蟋蟀终于还是战胜了我的摆布。

后来我想这种试验应该在鞘翅还是新的、软的时候进行，即在幼虫刚刚蜕皮的时候。我得到刚刚蜕化的一只幼虫，在这个时候，它未来的鞘翅形状就像四个极小的薄片，它短小的形状向着不同方向平铺的样子，使我想到面包师穿的那种短马甲，这幼虫不久就在我的面前脱去了这层衣服。

小蟋蟀的鞘翅一点一点长大，渐渐变大，这时还看不出哪一扇鞘翅盖在上面。

后来两边接近了，再过几分钟，右边的马上就要盖到左边的上面去了。是我加以干涉的时候了。

我用一根草轻轻地调整其鞘翅的位置，使左边的鞘翅盖到右边的上面。蟋蟀虽然有些反抗，但是最终我还是成功了。左边的鞘翅稍稍推向前方，虽然只有一点点。于是我放下它，鞘翅逐渐在变换位置的情况下长大。鞘翅逐渐向左边发展了。我很希望它使用它的家族从未用过的左琴弓来演奏一曲同样美妙动人的乐曲。

第三天，它就开始了。先听到几声摩擦的声音，好像机器的齿轮还没有啮合好，正在进行调整。然后调子开始了，还是它那种固有的音调。

唉，我过于信任我破坏自然规律的行为了。我以为自己造就了一位新式的奏乐师，然而我一无所获。蟋蟀仍然拉它右面的琴弓，而且常常如此拉。它拼命努力，想把我颠倒放置的鞘翅放回原来的位置，导致肩膀脱臼，现在它已经经过自己的几番努力与挣扎，把本来应该在上面的鞘翅又放回了原来的位置上，应该放在下面的仍放在下面。我想把它训练成左手演奏者的方法是缺乏科学性的。它以它的行动来嘲笑我的做法，最终，它的一生还是以右手琴师的身份度过的。

乐器已讲得够多了，让我们来欣赏一下它的音乐吧！蟋蟀在温暖的阳光下面，在它自家的门口演奏，从不躲在屋里自我欣赏。鞘翅发出"克利克利"——柔和的振动声。音调圆满，非常响亮、明朗而精美，而且延长音仿佛无休止一样。整个春天寂寞的时光就这样消遣过去了。这位隐士最初的演奏是为了让自己过得更快乐些。它在歌颂照在它身上的阳光，供给它食物的青草，它所居住的平安隐蔽之所。它用自己弓的第一目的，是歌颂它生存的快乐，表达它对大自然恩赐的谢意。

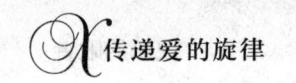

到了后来，它不再是单纯表达喜悦和感恩，它逐渐为它的伴侣而弹奏。但是据实说来，它的这种关心并没收到感谢的回报，因为到后来它和它的伴侣争斗得很凶，除非它逃走，否则它的伴侣会把它弄成残废，甚至将吃掉它一部分的肢体。不过，无论如何，它不久总要死的，即使它逃离好争斗的伴侣，在6月里它也是要死亡的。听说喜欢听音乐的希腊人常将它养在笼子里，好听它们的演奏。然而我不信这回事，至少是表示怀疑。第一，它发出的略显烦躁的声音，如果靠近听久了，耳朵是受不了的，希腊人的耳朵恐怕不见得爱听这种粗糙的、来自田野间的音乐吧！第二，蝉是不能养在笼子里面的，除非我们将洋橄榄或榛树一起罩在里面。但是只要关一天，就会使这喜欢高飞的昆虫厌倦而死。

将蟋蟀错误地当作蝉，好像将蝉错误地当作蚱蜢一样，并不是不可能的。如此对待蟋蟀，是有一定道理的。它被关起来是很快乐的，并不烦恼。它长住在家里的生活使它能够被饲养，它是很容易满足的。只要它每天有莴苣叶子吃，就是关在不及拳头大的笼子里，它也能生活得很快乐，不住地叫。雅典小孩子们挂在窗口笼子里养的，不就是它吗？

布罗温司的小孩子，以及南方各处的小孩子们，都有同样的嗜好。至于在城里，蟋蟀更成为孩子们的珍贵财产了。这种昆虫在主人那里受到各种恩宠，享受到各种美味佳肴。同时，它们也以自己特有的方式来回报好心的主人，为他们不时地奏起乡下的快乐之歌。因此它的死能使全家人都感到悲哀，这足可以说明它与人类的关系是多么亲密了。

我们附近的其他三种蟋蟀，都有同样的乐器，不过细微处稍有不同。它们的演奏在各方面都很像，不过它们身体的大小各有不同。波尔多蟋蟀，有时候到我家厨房的黑暗处来，是蟋蟀一族中最小的，它的乐声也很细微，必须要侧耳静听才能听得见。

　　田野里的蟋蟀，在春天有太阳的时候演奏。在夏天的晚上，我们能听到意大利蟋蟀的声音。它是个瘦弱的家伙，颜色浅淡，呈灰白色，这似乎和它夜间行动的习惯相吻合。它喜欢待在高高的空气中，在各种灌木里，或者是比较高的草上，很少爬到地面来。在7月到10月那些炎热的夜晚，它甜蜜的乐声，从太阳落山起，持续至半夜也不会停止。

　　布罗温司的人都熟悉它的乐声，最小的灌木叶下也有它的乐队。很柔很慢的"格里里，格里里"的声音，加上轻微的颤音，格外有意思。如果没有什么事打扰它，这声音将会一直持续，但是只要有一点儿声响，它就变成迷人的乐者了。你本来听见它在你面前很近的地方，但是转瞬之间，听去仿佛它已在十五码以外了。如果你向这个声音走过去，它却并不在那里，声音还是从原来的地方传过来的。其实，并非如此，这声音是从左面，还是从后面传来的呢？听众完全被搞糊涂了，简直辨别不出乐声发出的地点了。

　　这种距离不定的幻声，是由两种方法造成的：声音的高低与抑扬，根据下鞘翅被弓压迫的部位而不同。同时，它们也受鞘翅位置的影响。如果要发出较高的声音，鞘翅就会抬举得很高；如果要发出较低的声音，鞘翅就低下来一点。淡色的蟋蟀会迷惑来捕捉它的人，用它颤动板的边缘压住柔软的身体，以此将捕捉者搞昏。

　　在我所知道的昆虫中，没有什么乐声比它更动人、更清晰了。在8月夜深人静的晚上，可以听到它。我常常俯卧在迷迭香旁边的草地上，静静地欣赏这种悦耳的音乐。那真是十分惬意的感觉。

　　意大利蟋蟀聚集在我的小花园中。在每一株开着红花的野玫瑰上，都有它的

传递爱的旋律

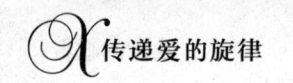

歌颂声，欧薄荷上也有很多。野草莓树、小松树，也都变成了音乐场所。它的声音十分清澈，富有美感，特别动人。所以在这个世界中，从每棵小树到每根树枝上，都飘出颂扬生存的快乐之歌。简直就是一曲动物之中的《欢乐颂》！

　　头顶上是高高的天空，曾经有天鹅飞过；而在地面上，围绕着我的，有昆虫快乐的音乐，时起时息——微小的生命，诉说着它的快乐，使我忘记了星辰的美景，我已然完全陶醉于动听的音乐世界之中了。头上的星空，向下看着我，静静的，冷冷的，但一点儿也不能打动我内在的心弦。为什么呢？因为它们缺少一个大的秘密——生命。确实，理智告诉我们：那些被太阳晒热的地方，同我们的一样，不过终究说来，这种信念也等于一种猜想，这不是一件确实无疑的事。相反，我的蟋蟀使我感到生命的活力，这是我们土地的灵魂，这就是为什么我不看天上的星辰，而将注意力集中于蟋蟀的夜歌的原因了。一个活着的微粒——最细小的生命的一粒，它的快乐和痛苦，比无限大的物质，更能引起我的无限兴趣，更让我无比地热爱它们！

美文赏析：

"头顶上是高高的天空，曾经有天鹅飞过；而在地面上，围绕着我的，有昆虫快乐的音乐，时起时息——微小的生命，诉说着它的快乐，"——翻开法布尔的《昆虫记》，令人惊觉还有这样一个鲜活的世界存在：被忽略的、与人类亲密毗邻的虫类世界。他的文字真实、质朴、细致。每一种昆虫都在他的笔下被放大若干倍，让我们真切地看到它们的形态样貌，听到来自大自然的声音，感受到生命的活力与奇妙。尽管我们熟知这些昆虫的名字，但如此近距离地走近它们，还是第一次。

在详尽记录昆虫特征、生活习性的同时，作者将自己的人生体验、处世感悟融入其中，使单一的科普作品具有了思想与美感。从精妙、凝练、生动的语言中，读者不仅了解到自然界的奥秘，还会意识到昆虫作为地球上生物链的一环，其重要性不亚于其他任何生物。只有维持生态的平衡，人类才能得以生存繁衍。从这个角度看，任何微小的生命都应该得到关注和尊重。

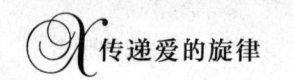

人，不是为失败而生的

——《老人与海》节选

[美国] 欧内斯特·海明威

欧内斯特·海明威（1899—1961），美国杰出小说家，1954年度的诺贝尔文学奖获得者，"新闻体"小说的创始人。他出生于芝加哥市郊区的奥克帕克，高中毕业后成为记者，先后参与第一次和第二次世界大战，主要作品有《老人与海》《丧钟为谁而鸣》《永别了，武器》等。海明威一向以"文坛硬汉"著称，在美国文学史乃至世界文学史上都占有重要地位。

入选理由：

这是一个人与自然搏斗的故事，文中的老人身处逆境，却不向命运低头，不屈不挠地与之斗争，展现了一种坚忍不拔、无所畏惧的英雄主义精神。

经典导读：

他精通叙事艺术，突出表现在他的著作《老人与海》中。

——诺贝尔奖颁奖辞

他简约有力的文体引起了一场"文学革命"，在许多欧美作家身上留下了痕迹。

——英国作家　赫·欧·贝茨

鲨鱼飞速地逼近船艄，它袭击那鱼的时候，老人看见它张开了嘴，看见它那双奇异的眼睛，它咬住鱼尾巴上面一点儿的地方，牙齿咬得嘎吱嘎吱地响。鲨鱼的头露在水面上，背部正在出水，老人听见那条大鱼的皮肉被撕裂的声音，这时候，他用鱼叉朝下猛地扎进鲨鱼的脑袋，正扎在它两眼之间的那条线和从鼻子笔直通到脑后的那条线的交叉点上。这两条线实际是并不存在的。只有那沉重、尖锐的蓝色脑袋，两只大眼睛和那嘎吱作响、吞噬一切突出的两腭。那儿正是脑子的所在，老人直朝它扎去。他使出全身的力气，用糊着鲜血的双手，把一支好鱼叉向它扎去。他扎它，并不抱着希望，但是带着决心和十足的恶意。

"它吃掉了约莫四十磅肉。"老人说出声来。它把我的鱼叉也带走了，还有那么多绳子，他想，而且现在我这条鱼又在淌血，其他鲨鱼也会来的。

他不忍心再朝这死鱼看上一眼，因为它已经被咬得残缺不全了。鱼遭到袭击的时候，他感到就像自己遭到袭击一样。可是我杀死了这条袭击我的鱼的鲨鱼，他想，而它是我见到过的最大的登多索鲨。天知道，我见过好些大的哪。

传递爱的旋律

光景太好了，不可能持久的，他想，但愿这是一场梦，我根本没有钓到这条鱼，我正独自躺在床上铺的旧报纸上。

"不过，人不是为失败而生的，"他说，"一个人可以被毁灭，但不能被打败。"不过我很痛心，把这鱼给杀了，他想。现在倒霉的时刻要来了，可我连鱼叉也没有。这条登多索鲨是残忍、能干、强壮而聪明的。但是我比它更聪明。也许并不，他想，也许我仅仅是武器比它强。

"别想啦，老家伙，"他说出声来，"顺着这航线行驶，事到临头再对付吧。"但是我一定要想，他想，因为我只剩下这件事可干了。这件事，还有棒球赛可想。不知道那了不起的迪马吉奥可会喜欢我那样击中它的脑子？这不是什么了不起的事儿，他想，任何人都做得到。但是，你可以为我这双受伤的手跟骨刺一样是个很大的不利条件？我没法知道。我的脚后跟从没出过毛病，除了有一次在游水时踩着了一条海鳐鱼，被它扎了一下，小腿麻痹了，痛得真受不了。

"想点开心的事儿吧，老家伙，"他说，"每过一分钟，你就离家近一步。丢了四十磅鱼肉，你航行起来更轻快了。"

他很清楚，等他驶进了海流的中部，会发生什么事。可是眼下一点办法也没有。

"不，有办法，"他说出声来，"我可以把刀子绑在一支桨的把子上。"

于是他胳肢窝里夹着舵柄，一只脚踩住了帆脚索，就这样办了。

"行了，"他说，"我照旧是个老头儿。不过我不是没有武器的了。"

这时风刮得强劲些了,他顺利地航行着。他只顾盯着鱼的上半身,恢复了一点儿希望。

不抱希望才蠢哪,他想,再说,我认为这是一桩罪过。别想罪过了,他想,麻烦已经够多了,还想什么罪过。何况我根本不懂这个。

他把身子探出船舷,从鱼身上被鲨鱼咬过的地方撕下一块肉。他咀嚼着,觉得肉质很好,味道鲜美,又坚实又多汁,像牲口的肉,不过不是红色的,而且一点筋也没有,他知道在市场上能卖最高的价钱。可是没有办法让它的气味不散布到水里去,老人知道糟糕透顶的时刻就快来临了。

老人系紧帆脚索,卡住了舵柄。然后他拿起上面绑着刀子的桨。他尽量轻巧地把它举起来,因为他那双手痛得不听使唤了。然后他把手张开,再轻轻捏住了桨,让双手松弛下来。他紧紧地把手合拢,让它们忍受着痛楚而不致缩回去。

它们来啦。但是它们来的方式和那条灰鲭鲨的不同。一条鲨鱼转了个身,钻到小船底下不见了,等它用嘴拉扯着死鱼时,老人觉得小船在晃动。另一条用它一条缝似的黄眼睛注视着老人,然后飞快地游来,半圆形的上下腭大大地张开着,朝鱼身上被咬过的地方咬去。它褐色的头顶以及脑子跟脊髓相连处的脊背上有道清清楚楚的纹路,老人把绑在桨上的刀子朝那交叉点扎进去,拔出来,再扎进这鲨鱼的黄眼睛。鲨鱼放开了咬住的鱼,身子朝下溜,临死时还把咬下的肉吞了下去。

另一条鲨鱼正在啃咬那条鱼,弄得小船还在摇晃,老人就放松了帆脚索,让小船横过来,使鲨鱼从船底下暴露出来。他一看见鲨鱼,就从船舷上探出身子,一桨朝它戳去。他只戳在肉上,但鲨鱼的皮紧绷着,刀子几乎戳不进去。这一戳不仅震痛了他那双手,也震痛了他的肩膀。但是鲨鱼迅速地浮上来,露出了脑袋,老人趁它的鼻子伸出水面挨上那条鱼的时候,对准它扁平的脑袋正中扎去。

传递爱的旋律

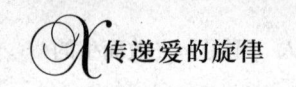

老人拔出刀刃,朝同一地方又扎了那鲨鱼一下。它依旧紧锁着上下腭,咬住了鱼不放,老人一刀戳进它的左眼。鲨鱼还是吊在那里。

"还不够吗?"老人说着,把刀刃戳进它的脊骨和脑子之间。这时扎起来很容易,他感到它的软骨折断了。老人把桨倒过来,把桨片插进鲨鱼的两腭之间,想把它的嘴撬开。他把桨片一转,鲨鱼松了嘴溜开了,他说:"走吧,加拉诺鲨,溜到一英里深的水里去吧。去找你的朋友,也许那是你的妈妈吧。"

老人擦了擦刀刃,把桨放下。然后他摸到了帆脚索,张起帆来,使小船顺着原来的航线走。

"它们一定把这鱼吃掉了四分之一,而且都是上好的肉,"他说出声来,"但愿这是一场梦,我压根儿没有钓到它。我为这件事感到很抱歉,鱼啊。这把一切都搞糟啦。"他顿住了,此刻不想朝鱼望了。它流尽了血,被海水冲刷着,看上去像镜子背面镀的银色,身上的条纹依旧看得出来。

"我原不该出海这么远的,鱼啊,"他说。"对你对我都不好。我很抱歉,鱼啊。"

"得了,"他对自己说,"去看看绑刀子的绳子,看看有没有断。然后把你的手弄好,因为还有鲨鱼要来。"

"但愿有块石头可以磨磨刀,"老人检查了绑在桨把子上的刀子后说。"我原该带一块磨石来的。"你应该带来的东西多着哪,他想,但是你没有带来,老家伙啊。眼下可不是想你什么东西没有带的时候,想想你用手头现有的东西能做点什么吧。

它是条大鱼,可以供养一个人整整一冬,他想,别想这个啦。还是休息休息,把你的手弄好,保护剩下的鱼肉吧。水里的血腥气这样浓,我手上的血腥气就算不上什么了。再说，这双手出的血也不多。割伤的地方都算不上什么。出血也许能使我的左手不再抽筋。

我现在还有什么事可想？他想，什么也没有。我必须什么也不想，等待下一条鲨鱼来。但愿这真是一场梦，他想。不过谁说得准呢？也许结果会是好的。

接着来的鲨鱼是条单独的铲鼻鲨。看它的来势，就像一头猪奔向饲料槽，如果说猪能有这么大的嘴，你可以把脑袋伸进去的话。老人让它咬住了鱼，然后把桨上绑着的刀子扎进它的脑子。但是鲨鱼朝后猛地一扭，打了个滚，刀刃啪的一声断了。

老人坐定下来掌舵。他都不去看那条大鲨鱼在水里慢慢地下沉，它起先是原来那么大，然后渐渐小了，然后只剩一丁点儿了。这种情景总叫老人看得入迷。可是这回他看也不看一眼。

"我现在还有那根鱼钩，"他说，"不过它没什么用处。我还有两把桨和那个舵把和那根短棍。"

它们如今可把我打垮了，他想，我太老了，不能用棍子打死鲨鱼了。但是只要我有桨、短棍和舵把，我就要试试。

他又把双手浸在水里泡着。下午渐渐过去，快近傍晚了，他除了海洋和天空，什么也看不见。空中的风比刚才大了，他指望不久就能看到陆地。

"你累乏了，老家伙，"他说，"你骨子里累乏了。"

直到快日落的时候，鲨鱼才再来袭击它。

老人看见两片褐色的鳍正顺着那鱼必然在水里留下的很宽的臭迹游来。它们竟然不用到处来回搜索这臭迹。它们笔直地并肩朝小船游来。

我必须让第一条鲨鱼好好咬住了才打它的鼻尖，或者直朝它头顶正中打去，他想。

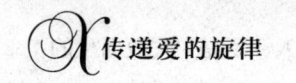

两条鲨鱼一齐紧逼过来,他一看到离他较近的那条张开嘴直咬进那鱼的银色肋腹,就高高举起棍子,重重地打下去,砰的一声打在鲨鱼宽阔的头顶上。棍子落下去,他觉得好像打在坚韧的橡胶上。但他也感觉到坚硬的骨头,就趁鲨鱼从那鱼身上朝下溜的当儿,再重重地朝它鼻尖打了一下。

另一条鲨鱼刚才蹿来后就走了,这时又张大了嘴扑上来。它直撞在鱼身上,闭上两腭,老人看见一块块白色的鱼肉从它嘴角漏出来。他抡起棍子朝它打去,只打中了头部,鲨鱼朝他看看,把咬在嘴里的肉一口撕下了。老人趁它溜开去把肉咽下时,又抡起棍子朝它打下去,只打中了那厚实而坚韧的橡胶般的地方。

"来吧,加拉诺鲨,"老人说,"再过来吧。"

鲨鱼冲上前来,老人趁它合上两腭时给了它一下。他结结实实地打中了它,是把棍子举得尽量高才打下去的。这一回他感到打中了脑子后部的骨头,于是朝同一部位又是一下,鲨鱼呆滞地撕下嘴里咬着的鱼肉,从鱼身边溜下水去。

我没法指望打死它们了,他想,我年轻力壮时能行。不过我已经把它们俩都打得受了重伤,它们中哪一条都不会觉得好过。要是我能用双手抡起一根棒球棍,我准能把第一条打死。即使现在也能行,他想。

他不愿朝那条鱼看。他知道它的半个身子已经被咬烂了。他刚才跟鲨鱼搏斗的时候,太阳已经落下去了。

"半条鱼,"他说,"你原来是条完整的。很抱歉我出海太远了。我把你我都毁了。不过我们杀死了不少鲨鱼,你跟我一起,还打垮了好多条。你杀死过多少啊,好鱼?你头上长着那只长嘴,可不是白长的啊。"

他喜欢想这条鱼,想如果它在自由地游着,会怎样去对付一条鲨鱼。我应该砍下它这长嘴，拿来跟那些鲨鱼斗，他想。但是没有斧头，后来又弄丢了那把刀子。

但是，如果我把它砍下了，就能把它绑在桨把上，这该是多好的武器啊。这样，我们就能一起跟它们斗啦。要是它们夜里来，你该怎么办？你又有什么办法？

"跟它们斗，"他说，"我要跟它们斗到死。"

但是，在眼下的黑暗里，看不见天际的反光，也看不见灯火，只有风和那稳定地拉曳着的帆，他感到说不定自己已经死了。他合上双手，摸摸掌心。这双手没有死，他只消把它们开合一下，就能感到生之痛楚。他把背脊靠在船艄上，知道自己没有死。这是他的肩膀告诉他的。

但是到了午夜，他又搏斗了，而这一回他明白搏斗也是徒劳。它们是成群袭来的，朝那鱼直扑，他只看见它们的鳍在水面上划出的一道道线，还有它们身上的鳞光。他朝它们的头打去，听到上下腭啪地咬住的声音，还有它们在船底下咬住了鱼使船摇晃的声音。他看不清目标，只能感觉到，听到，就不顾死活地挥棍打去，他感到什么东西攫住了棍子，它就此丢了。

他把舵把从舵上猛地扭下，用它又打又砍，双手攥住了一次次朝下戳去。可是，它们此刻都在前面船头边，一条接一条地蹿上来，成群地一起来，咬下一块块鱼肉。当它们转身再来时，这些鱼肉在水面下发亮。

最后，有条鲨鱼朝鱼头游过来，他知道这下子可完了。他把舵把朝鲨鱼的脑袋抡去，打在它咬住厚实的鱼头的两腭上，那儿的肉咬不下来。他抡了一次，两次，又一次。他听见舵把啪的断了，就把断下的把手向鲨鱼扎去。他感到它扎了进去，知道它很尖利，就把它再往里扎。鲨鱼松了嘴，一翻身就走了。这是来袭的这群鲨鱼中的最后一条。它们再也没有什么可吃的了。

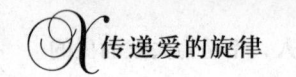

美文赏析：

　　本文节选的是老人与鲨鱼的战斗场面，需要说明的是，在这之前，他已经在海上与那条十八英尺长、一千五百磅重的大马林鱼周旋了两天两夜，在绝粮绝水、没有武器、没有帮手、左手抽筋的情况下，他成功地捕获了它。准备回航的途中，鲨鱼来了。

　　他仅凭鱼叉、刀子、短棍、舵把和一条又一条鲨鱼展开了殊死搏斗，在那样恶劣的处境下，拖着筋疲力尽的身躯。用"糊着鲜血的两手"战斗了一天一夜。"一个人可以被毁灭，但不能被打败。"就是这种信念支撑着他，面对接踵而至的鲨鱼，他显然意识到了失败，可他并没有放弃，坚持到了最后一刻。最后，鲨鱼吃光了鱼肉，老人只得到了一副骨架。面对失败的结局，他并无遗憾，因为他已尽力，虽败犹荣。老人所取得的是精神上的胜利，其意义远远超过鱼肉的价值。那份坚忍、自信、勇敢、不认输的精神使他成为真正的英雄。在这个故事里，我们看到了一个精神上的强者，虽然，他没有摆脱命运的捉弄，但他"高大"的形象已深入人心。

可喜的孤独

——《瓦尔登湖》节选

［美国］亨利·戴维·梭罗

亨利·戴维·梭罗（1817—1862），19世纪美国最具影响力的作家、哲学家，超验主义运动的代表人物，毕业于哈佛大学。他反对美国与墨西哥之间的战争，支持废奴运动。其思想深受爱默生影响，提倡回归本心，亲近自然，2006年入选"影响美国的一百位人物"。代表作为《瓦尔登湖》，作品还有《论公民的不服从义务》《没有规则的生活》《马萨诸塞自然史》《康科德及梅里马克河畔一周》《缅因森林》等。

入选理由：

《瓦尔登湖》位列2006年中国"十大自然读物推荐书目"之首，被称作自然与哲学完美结合的经典之作。

经典导读：

《瓦尔登湖》是一本超凡入圣的好书，书中深沉而敏感的抒情打动了众多读者。

——英国《西敏寺》周报

严重的污染使人们丧失了田园的宁静，所以梭罗的著作便被整个世界阅读和怀念。

——英国作家 乔治·艾略特

传递爱的旋律

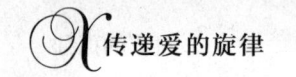

这是一个愉快的傍晚,全身只有一个感觉,每一个毛孔中都浸润着喜悦。我在大自然里以奇异的自由姿态来去,成了她的一部分。我穿着衬衫,在湖旁卵石丛生的岸边散步,天气冷飕飕的,天空布满云彩,起风了,我没有看见特别吸引我的东西,一切都让我感到特别如鱼得水。牛蛙鸣叫起来,黑夜应声而至,夜莺的鸣叫在水波粼粼的湖面上飘荡。摇曳的赤杨和白杨,激起我的情感,使我几乎不能呼吸了。然而像湖水一样,我内心的平静起了波涛,却没有起伏动荡。像如镜的湖面,晚风吹起来的微波是谈不上什么风暴的。虽然天色黑了,风还在森林中吹着,咆哮着,波浪还在拍岸,某些动物还在用它们的乐音催眠着另外的那些,宁静不可能是绝对的。最凶狠的野兽并没有宁静,现在正找寻它们的猎物;狐狸、臭鼬、兔子,也正漫游在原野上,在森林中,它们却没有恐惧,它们是大自然的看守者——是连接一个个生气勃勃的白昼的链环。

大体说来,我居住的地方,寂寞得跟生活在大草原上一样。这里离新英格兰和亚洲或者非洲差不多一样遥远。可以说,我有我自己的太阳、月亮和星星,我

可喜的孤独

有一个完全属于我自己的小世界。从没有一个人经过我的屋子，或叩我的门，我仿佛是人类中的第一个人或最后一个人；除非在春天里，隔了很长的时间后，有人从村里来钓大头鱼——他们在瓦尔登湖里钓到更多的是他们自己的本性，利用黑暗给鱼钩当诱饵——不过他们很快就撤走了，常常是鱼篓里没什么收获，又把世界留给黑夜和我，而黑夜的核心是从没有被任何人类污染过的。我相信，人们通常还都有点儿害怕黑暗，虽然妖巫都给吊死了，基督教和蜡烛也都已经引过来了。

然而我有时会体验到，在任何大自然的事物中，都能找出最甜蜜温柔的社交活动、最天真最鼓舞人的社交活动，即使是对愤世嫉俗的可怜人和最忧郁的人也一样。只要生活在大自然之中而且各种感官仍然健全的话，便不可能产生非常黑色的抑郁。对于健康的、天真的耳朵，从来就不会有什么暴风雨，只会有埃俄罗斯①式的音乐。什么也不能迫使单纯而勇敢的人陷于低俗的悲观情绪之中。当我享受着四季的友爱时，我相信，任凭什么也不能使生活成为我沉重的负担。今天好雨洒在我的豆子上，使我在屋里待了整天，这雨既不使我沮丧，也不使我抑郁，对于我可是好得很呢。虽然它使我不能够锄地，但雨能滋润禾苗，比我锄地更有价值。如果雨下得太久，会使地里的种子、低地的土豆烂掉，但它对高地的草还是有好处的。既然它对高地的草很好，它对我也是很好的了。有时，我把自己和别人做比较，好像我比别人更得诸神的宠爱，比我应得的似乎还多呢；好像我有一张证书和保单在他们手上，别人却没有，因此我受到了特殊的引导和保护。我并没有自称自赞，可是如果可能的话，倒是他们称赞了我。我从不觉得寂寞，也一点不受寂寞之感的压迫。只有一次，在我进了森林数星期后，我怀疑了一阵子，不知宁静而健康的生活是否应当有些近邻，独处似乎不很愉快。同时，

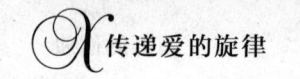

我觉得我的情绪有些失常了,但我似乎也预知我会恢复到正常的。当这些思想占据我的时候,温和的雨丝飘洒下来,我突然感觉到在大自然中竟然有这样甜美这样受益的交往,每一滴下落的雨点,我屋子周围每一种声音和景致,都是一种无穷不尽和无以数计的友好,如同一种气氛。一下子,这种支持我的气氛把我想象中的有邻居方便一点的思潮压下去了。从此之后,我就没有再想到过邻居这回事。每一根小小松针都富于同情心地胀大起来,成了我的朋友。我明显地感到这里存在着我的同类,虽然我是在一般所谓凄惨荒凉的处境中,然而与我最亲近的血缘、也最富于人性的却并不是一个人或一个村民,今后再也不会有什么地方让我觉得陌生的了。

  我最愉快的若干时光是在春秋两季长时间的暴风雨期间,这弄得我上午、下午都被禁闭在室内,只有不停止的大雨和咆哮安慰着我。我从微明的早起就进入了漫长的黄昏,其间有许多思想扎下了根,并发展了它们自己。在来自东北方向的倾盆大雨中,村中那些房屋都受到了考验,女佣都已经拎了水桶和拖把,在大门口阻止洪水侵入。我坐在我小屋子的门后,只有这一道门,却很欣赏它给予我的保护。在一次雷阵雨中,曾有一道闪电击中湖对岸的一株苍松,从上到下,划出一英寸深,或者更深一些,四五英寸宽,很明显的螺旋形的深槽,就好像你在一根手杖上刻的纹路一样。那天我又经过了它,一抬头看到这个痕迹,真是惊叹不已,那是八年以前,一个可怕的、不可抗拒的雷霆留下的痕迹,现在却比以前更为清晰。人们常常对我说:"我想你在那儿住着,一定很寂寞,总是想要跟人们接近一下的吧,特别在下雨、下雪的日子和夜晚。"我忍不住总想这样回答——我们居住的整个地球,在宇宙之中不过是一个小点。那边一颗星星,我们的天文仪器还无法测量出它有多大呢,你想想它上面的两个相距最远的居民又能有多远的距离呢？我怎会觉得寂寞？我们的地球难道不在银河系中？在我看来，他提出的似乎是最不重要的问题。怎样的一种空间才能把人和人群隔开而使人感到寂寞呢？我已经发现了，无论两条腿怎样努力也不能使两颗心灵更加接近。我们最愿意和谁比邻而居呢？人们都不喜欢车站啊，邮局啊，酒吧啊，会场啊，学校啊，杂货店啊，因为这些地方人群拥挤，所以人们倒是更愿意接近大自然。在我们的经历中，我们时常感到有这种倾向，好像水边的杨柳，一定向着有水的方向伸展它的根。人的性格不同，所以倾向也各不相同，可是一个聪明人会在这样的地方挖掘他的地下室……有一天晚上，在走向瓦尔登湖的路上，我遇到了一个市民，他已经积累了所谓的"一笔很可观的资产"，虽然我从没有好好地看到过它。那天晚上他赶着两头牛上市场去，他问我，我是如何想到这个活法，宁肯抛弃这么多人生的乐趣。我回答说，我确信我很喜欢我这样的生活，我不是开玩笑。就这样，我回家，上床睡了，让他在黑夜泥泞之中走路走到布莱顿去——或者说，走到光明镇去——大概要到天亮的时候才能走到那里。

　　大部分时间内，我觉得寂寞是有益于健康的。有了伴儿，即使是最好的伴儿，不久也要厌倦，弄得很糟糕。我爱孤独。我没有碰到比寂寞更好的同伴了。到国外去，置身于

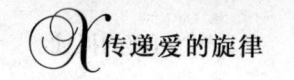

人群之中，大概比独处室内更加寂寞。一个在思考着、在工作着的人总是孤独的，让他爱在哪儿就在哪儿吧，孤独不能以一个人距离他的同伴的英里数来计算。在剑桥大学最拥挤的教室内真正用功学习的学生，寂寞得如同沙漠中的一个托钵僧。农夫可以一整天独自在田地上、在森林中工作，耕地或砍伐，却不觉得寂寞，因为他有工作。可是到晚上，他回到家里，却不能独自在室内沉思，而必须到"看得到人群"的地方去消遣一下，他的想法，是用以补偿他一天的寂寞。因此他很奇怪，为什么学生们能整日整夜坐在室内不觉得无聊与"沮丧"；可是他不明白，虽然学生在教室内，却在他的"田地"上工作，在他的"森林"中采伐，像农夫在田地或森林中一样，过后学生也要找消遣，也要社交，尽管那形式可能更加凝练些。

我曾听说过，有人在森林里迷路，倒在一棵树下，饥饿得要死，又累得要命，由于体力不济，病态的想象力让他看到了周围许多奇怪的幻象，他以为它们都是真的。同样，在身体健康、精神很好的时候，我们可以不断地从类似的，但更正常、更自然的社交活动中得到鼓舞，从而发现我们是不寂寞的。

在我的房屋中，我有许多东西陪伴着，特别在早上还没有人到访的时候。让我来打几个比方，或许能传达出我的某些状况。我并不比湖中呱呱大叫的潜水鸟更孤独，我并不比瓦尔登湖更寂寞。我倒要问问这孤独的湖有谁做伴？然而在它的蔚蓝的水波上，却不是蓝色的魔鬼，而是蓝色的天使呢。太阳是寂寞的，除非乌云满天，有时候就好像有两个太阳，但有一个是假的。上帝是孤独的，可是魔鬼就绝不孤独。他看到许多伙伴，他是要结成帮的。我并不比一朵毛蕊花或牧场上的一朵蒲公英寂寞。我不比一片豆叶，一棵酢浆草，或一只马蝇，或一只大黄蜂更孤独。我不比磨房溪，或风信子，或北极星，或南风更寂寞。我不比四月的雨或一月的融雪，或新屋中的第一只蜘蛛更寂寞。

太阳，风雨，夏天，冬天——大自然的描述不尽的纯洁和恩惠，这些如此健康，如此振奋，它们永远施与我们！对我们人类这样地同情，如果有人为了正当的原因感到悲痛，那大自然也会受到感动，太阳黯淡了，风像活人一样悲叹，云端里落下泪雨，树木到仲夏脱下叶子，披上丧服。难道我不该与土地息息相通吗？难道我不是部分叶子和蔬菜造就的吗？

是什么药使我们保持健全、宁静、满足的呢？不是你我的曾祖父的药丸，而是我们的大自然曾祖母的，全宇宙的蔬菜和植物的补品，她自己也靠它们而永远年轻，活得比许多"老派尔"还更长久，靠她的衰老的脂肪活得十分健康。至于我的灵丹妙药，不是那种江湖医生配制的用冥河水和死海海水混合的药丸，摆在那些又长又浅的船形车子上，我们有时会看见这种车专门用来拉瓶子。我的灵丹妙药是深深呼吸纯净的早晨的空气。黎明的空气啊！如果人们不愿意在每日之晨喝这泉水，那么，我们必须把它们装在瓶子内，放在店里，卖给世上那些失去黎明预订券的人们。可是记着，尽管它在最寒冷的地窖里能保存到上午，但你还是要早早打开瓶塞，然后跟随奥罗拉的脚步西行。

① 希腊神话中的风神。

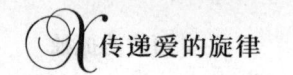

美文赏析：

　　梭罗为我们打开了一扇窗，通往自然。这窗子其实是一直存在的，不过我们忙于寻找其他的、自认为更重要的东西而疏于察觉。不具有一颗宁静、淡泊的心就永远不会看到那扇窗。

　　"无论两条腿怎样努力也不能使两颗心灵更加接近"，而与自然为邻，从它那里获取的充实和满足，能让心灵的土壤开出清幽的花朵来。在自然中，更容易保持清醒的头脑，涤荡内心的尘埃。这种感觉，是那些在俗世中打滚的人无法体会的。

　　"寂寞不能以一个人离开他的同伴的英里数来计算"，享受灵魂的独处，是自得其乐的一件事。即使面对面地坐着的两个人，失去心灵的沟通，也如隔千里之外。让恬淡充盈心灵，在简朴的生活中享受寂寞，你不只拥有自由，还会找到乐趣。

　　当你孤独时，世界是寂静的，你会更清晰地感受到来自自然界的力量，产生从未有过的欢欣和鼓舞，从而发现你并不是"一个人"存在，不比"一只大黄蜂更孤独"。自然无私地赐予我们丰富的养料，让我们回报它可喜的孤独与静默中的思考吧。

眼睛与眼睛的重逢

——《公鹿的脚印》节选

[加拿大]欧内斯特·汤普森·西顿

欧内斯特·汤普森·西顿（1860—1946），著名作家、画家，被誉为"动物小说之父"。生于英国，幼年随家人迁居加拿大，由于家中经营农牧业，使得他有机会接触大自然和各种野生动物。他曾多次外出观察野生动物，并开始动物故事的写作。他的作品一经问世，就广受好评。1930年，西顿定居美国，买下土地建立了自己的"自然博物馆"，并在此度过余生。他创作的四十六篇动物小说是世界动物小说中的经典。他毕生的心愿是"赋予野生动物安宁、安静的生活，使人类停止虐待它们"。

入选理由：

西顿的动物故事，真实地记录了野生动物原生态的生活，再现了生命的神秘和尊严，使人类面对大自然时，陷入深深的思考。

经典导读：

他是一名真正意义上的环境保护专家，他对自然的理念超越了他的时代。

——《泰晤士报》

传递爱的旋律

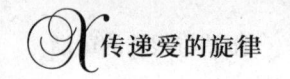

　　那天，天色已晚，杨仍一直追逐着公鹿的脚印。追逐过程中他发现公鹿的脚印有好几处都显出很杂沓的样子，并且断断续续的，一直到一片繁茂的灌木林前。公鹿在那里躺着休息。当然它是迎风而卧，眼睛、耳朵注意着杨接近的方向，鼻子还不时地向前嗅着。杨打旁边绕过，心想这次一定能够一发打中它。

　　杨一步一步地跟着脚印，不断地往前走。他的心情很紧张，在地上匍匐前行了一段相当长的距离，忽然觉得身后有小树枝折断的声音，察看了许久，才明白原来是公鹿发出的声响。

　　公鹿在躺下休息之前，会依着自己原先的脚印倒退回来，让追的人以为自己仍在前行。杨上了公鹿的当，还以为它在前面，仍继续追赶，事实上它早躺在杨的身后了。它一闻到人的气味，拔腿就跑，等杨发觉受骗时，它已经跑了好几千米远。

　　杨又追踪着脚印，来到北方的一个陌生地带。这时，又黑又冷的夜晚降临了，杨找到一处可以稍微避风寒的树下，模仿印第安人的方法，燃起一小堆火。

那是以前加斯克教他的，宿营时燃起大火是愚蠢的行为。

杨想缩身而睡，但不知何故，却来回翻了好几次身。天气从来没有像今晚这么寒冷刺骨，大地和树木仿佛都冻得瑟瑟发抖，湖水早已结冰了。他想，要是自己的脸孔能像狗一样长出毛该有多好！或者，有一条大而多毛的尾巴来温暖冻僵的手脚，也很不错。

半夜里，来了一只郊狼，那狼可能不把杨当人看待，只是"呜呼、呜呼"像狗一样哼着走过去，好像在对杨说："喂，你终于又回到野生动物的世界来了。"

天快亮时，温度稍微高了一点儿，但又刮起了风雪。公鹿的脚印已经完全消失了，杨由于一味注意脚印，拼命追赶，已经无从判断自己身处何方。他摸索了两三千米，在毫无目标可循的情形下，便决定到巴因河去，巴因河应该是在东南方，但哪边是东南方呢？细碎的雪不停地往下飘，他的眼睛已快张不开了，而受冻的皮肤也疼痛不堪。

近看，雪似烟！远眺，仍然是雾般的雪。杨走进灌木丛，开始挖掘雪地，终于看到麒麟草。这种草都是向北生长，虽然已经枯萎，却还善解人意，亲切地指示着他——那是北边。

确定方向后，杨开始上路。当他觉得方向可能有问题时，就马上挖掘那种可代替指南针、磁石般的麒麟草，以辨别方向。杨终于走到下坡路，巴因河就在眼前。雪已经停了，那一整天，杨又继续找寻公鹿的脚印，但一无所获。不久，又到了晚上，杨只好在雪地中过夜了。前一天夜里，脸和脚趾都已经被冻伤了，伤口像燃烧般疼痛难忍，可是杨依然咬紧牙根忍着。

第二天天一亮，好像有什么东西在召唤他似的，杨又开始了捕猎行动。他向

传递爱的旋律

东渡过巴因河,来到一处没有树林的地方。走了不到一千米,便看到被前一天的风雪覆盖着、已经模糊了的脚印,杨又顺着脚印追了下去。不久,杨找到了有六头鹿休息的场所。那地方留有一个特别大的睡觉时压出来的印痕。杨想:能留下这种印痕的只有那只公鹿。

印痕还很新,而且睡痕也尚未结冰,杨兴奋得心脏直跳,判断出鹿群离这里一定不到两千米。

可是走了不到一百米,在薄雾笼罩着的丘陵地带,他模模糊糊地看到五头鹿正竖起敏锐的耳朵倾听着。同时,盖满雪的丘陵顶部也站着一头躯体巨大、犄角如树枝般的公鹿。

鹿群很快就发现了他,在他没有来得及开枪前,就全部像风一样地逃走了。那座特别爱护鹿群的丘陵,又把它们从枪的威胁下隐藏了起来。

那只公鹿再次集合家属,它知道敌人还在后面紧追不舍,所以和以往一样,它又把鹿群分为两组奔逃,杨直奔公鹿追去。

他一直追赶到巴因河的洼地——这段路程约两千米,那里有一片很深的树林。冥冥中好像有什么在指示着他:"公鹿正隐藏在这里窥探动静,它绝不会在此休息的。"

杨也躲了起来,小心地注意着,过了三十分钟,那黑点终于走出白杨树林,登上对面的山峰。等到它越过山顶不见踪影时，杨就横过山谷，蹑着脚迂回地攀爬过山坡，来到背风的山坡，找到脚印。但公鹿的表现并不比杨差——当它登上高峰，回头一望，发现杨正横过山谷追过来，便箭也似的跑掉了。

它明了自己的处境，在决定胜负的关键时刻，绝对不能轻率，所以又很快地逃往新的地带。

杨现在开始了解以前常听的打猎秘诀——不论猎物跑得多快，只要猎人具有超人的耐力，一定会获得最后的胜利。杨现在仍然精力饱满，而大公鹿每次跳跃的距离变窄了，那正表示它已疲惫了，如果能趁势追击，必有收获。

公鹿时常登上高丘，在盖满雪的银色世界里寻找敌人的踪影。在跟踪的同时，杨一直疑惑：公鹿找的是什么？怕的又是什么？为什么常常在追着追着时，就会发现脚印突然中断了呢？他完全不明白这是怎么回事。

脚印中断时，杨必须绕回原路，花上很长时间才能找到公鹿的新脚印，然后再继续追赶。可是，应该已经疲累了的公鹿，脚印却显示出它的跳跃幅度竟由小变大了。

夜，慢慢笼罩了大地，杨仍然猜不透这是什么缘故，便停下来扎营，度过了又一个寒冷难当的夜晚。到了第四天清晨，天将亮时，他终于揭开谜底了。

在白天的光线下，杨发现他所追踪的竟然是公鹿以前留下的脚印。费了很长的一段时间，他回头察看真相，证实了挣扎着逃难的公鹿是循着自己的旧脚印，往回奔跑了一段时间，然后就跳到旁边去，让毫不知情的杨继续追着旧脚印前进。

这种伎俩公鹿一共使用了三次。它沿着脚印回到白杨树林之后，就在森林里静静伏卧着。因为追踪脚印的杨一定要从树林边缘经过，如此，公鹿就可以在杨

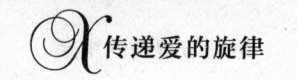

尚未靠近它之前，闻出杨的气味，听出他的脚步声，并且趁机逃走。

可是杨从公鹿的旧脚印中，仍然隐约看得出新的脚印：那脚印显示出公鹿已经疲惫到了极点。它在猎人毫不放松的追赶下，累得不想进食，甚至整日心惊肉跳，睡眠难安。

最后一场长时间的追捕开始了。逃亡、被追逐的那只公鹿和杨，又回到了熟悉的地方——四周都是沼泽的森林。这儿有三个入口，公鹿从其中的一个进入森林。杨知道公鹿再也不会轻易地走出森林，于是就蹑着脚，迅速地向背风的第二个入口走去，找到一个适当的位置，把自己的上衣和肩带挂在树枝上，又很快地跑到第三条路上守着。

等了一段时间，一点动静也没有。杨于是低声学着松鸦叫。这是森林里发生了危险的警告声，鹿都是靠着它来提高警觉的。过了一会儿，杨看到茂密的森林的那边，公鹿摇动着耳朵，好像想登高眺望，寻找敌人的踪影。

杨又低声吹了一下口哨，公鹿不再动了，因为距离太远，又有很多树枝挡着，杨无法下手。公鹿背对敌人，停下脚步，嗅着气味，大约有几秒钟，并且直望着刚刚进来的路，因为敌人曾在这一条路上追逐过它。然而它做梦也没有想到，敌人正在自己要前去的路上守候着。不久，吹来一阵微风，刮得杨吊在树枝上的上衣噗噗响。公鹿走下小山，穿过茂密的森林，既不跑，也不发出任何声响，在错综复杂的森林中像鼬鼠一样地走着。

杨在茂密的白杨树林里蹲着，全身的神经好像触了电般紧绷着，并侧耳倾听。突然，杨听到从密林里传出小树枝折断的声音。

杨紧张到了极点，端着枪，慢慢站起身来，只见五米远的地方也有什么东西站起来，先是仿佛用青铜、象牙制成的一对角，接着是王者似的头，再下去是美丽的躯体——杨和公鹿面对面站着。

公鹿的生命终于掌握在杨的手中。然而鹿毫不畏怯,兀立不动。它高耸着大耳朵,两眼含着悲愤,目不转睛地望着他。杨瞄好的枪又放了下来,因为公鹿一直不动,只静静地看着他。杨那紧张得竖立起来的头发又恢复原状了,咬紧的牙关顿时也松弛下来,原先弯下去准备随时追扑过去的身子,也慢慢地挺起来。"开枪啊,开枪啊,你这傻瓜!现在正是时候,你的辛劳就要获得回报了。"杨的心里不停地发出这种怂恿的细语,但是,那声音不久即告消失。

他想起了那天晚上,在荒郊野地被狼群包围时的恐怖心情,也忆起另一个夜晚,那块被母鹿的血染红了的雪地。而现在,他更像梦幻一般地,脑海中浮现出母鹿临死前痛苦的神情,它那大而满含悲愤的眼睛,似乎不断地在追问着:"我到底做了什么坏事?你为什么要杀害我?"

杨的心情变了,和公鹿的眼光相遇的刹那间——心与心的相对中,想杀死公鹿的念头突然消失得无影无踪。他无法在公鹿的注视下夺去它的生命,他会为此感到不安。而另一种新的想法——以前就已经在心里萌芽并一点一滴逐渐累积起来的想法,如今兴起完全不同的一种心绪。

杨在心里说道:"啊!你是多么漂亮的动物呀!聪明的人曾说'身是心的外表',那么你的心也一定像你的身躯一般,如此美丽,如此灵巧。虽然我们经常处于敌对的关系,但这已成为过眼云烟。现在,我们相对而立,站在宽广宁静的大地上,彼此以生物的身份相对峙,虽然我们无法听懂对方的语言,然而,我们所想的、所感受到的,却都一样。"

"过去,我从未像现在这么了解你,难道你也了解我吗?否则,为什么当你知道自己的生命掌握在我的手中时,却丝毫不畏惧?"

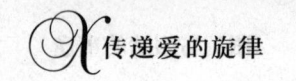

"我曾经听过一个关于鹿的故事：一只被猎狗追逐的鹿，竟向猎人求救，他真的救了鹿一命——你也被我追逐着，现在，你也在向我求救吗？"

"是的，你真是美丽又聪慧，你竟然知道我不会动你一根毫毛。是的，我们是兄弟，你，是有着美丽的角的弟弟，而我不过比你年长，比你强健罢了。假如我能经常守护着你，你就不会受到伤害了吧！"

"你走吧，只管放心地越过松林那边的山丘吧。过去我像狼一样地追赶你，以后再不会有类似的情形发生了；过去我把你和你的伙伴视为追捕的目标，以后我再也不会这样了。"

"我比你年长，而且懂得许多你所不知道的伎俩，然而你却有不可思议的力量，能体会出人所不了解的事情。走吧，再也不必怕我了。"

"也许以后我再也见不到你了，即使再相遇，从你那凝望的眼神中，我那残忍好杀的心理，也会像今天一样，完全消失，无影无踪。但我深知，已经无法再见到你了。可爱的动物，去吧，愿你在你的天地里，永远过着逍遥、快乐的生活。"

美文赏析：

　　杨是一个猎人，在追捕鹿群的时候，他受到了挑战——来自一头公鹿的挑战，它有着惊人的聪慧和耐力，与杨周旋在积雪的白杨树林中。为了捕到它，杨孤身在树林中度过了三夜，寒冷使他的脸和脚都冻伤了。他几乎迷路，甚至还遇到了一只"不吃人"的狼，而公鹿则忽隐忽现，让人摸不着头绪。它"迎风而卧"观察敌情，依着自己原先的脚印倒退回来，让追的人以为自己仍在前行。多么令人惊叹的智慧！虽然脚印显示它已"疲惫到极点"。在这场生命保卫战中，面对持枪的人类，它求生的本能和技巧并不逊于人类。然而，老练的猎人最终识破了它的"伎俩"。在最后的一次追逐中，它中了杨的埋伏，终于到了面对面的时候。与杨的紧张相比，公鹿"毫不畏怯，兀立不动"，"两眼含着悲愤，目不转睛"的神情令杨颤抖了。在这眼与眼、心与心的相对中，他被它所表露的生命的尊严而震撼，不但没有伤害它，还送上了最美好的祝福，像对待朋友那样。

　　作为人类，我们不应该有任何的优越感，更不该伤害我们的朋友——野生动物，这是作者一百多年前发出的呼喊，今天，这种声音仍回荡在我们的耳边。

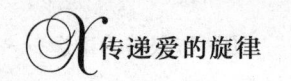

时光流逝，归一切于全人类
——《怒斥火烧圆明园》

[法国] 维克多·雨果

维克多·雨果（1802—1885），法国浪漫主义作家、诗人、剧作家。他的创作生涯超过六十年，作品包括二十卷小说、二十六卷诗歌、十二卷剧本、二十一卷哲理论著，合计七十九卷之多，代表作有《巴黎圣母院》《悲惨世界》《笑面人》《九三年》等。

入选理由：

雨果的作品反对暴力，提倡人道主义精神，直言不讳地抨击了资本主义制度的黑暗和侵略者的丑恶罪行。

经典导读：

在文学界和艺术界所有的伟人之中，他是唯一活在法兰西人民心中的伟人。

——法国作家　罗曼·罗兰

在英法侵略者纵火焚毁中国圆明园以后，1861年11月，雨果曾复信给一个名叫巴特勒的上尉，怒斥这桩丑行。下面是他复信的摘要：

先生，您问我对这次远征中国的看法，您觉得这次远征值得称誉，干得漂亮，而且您很客气，相当重视我的看法。按照您的高见，这次在维多利亚女王和拿破仑皇帝的双重旗帜下对中国的远征，是英法两国的光荣，您想知道我对英法两国的这一胜利究竟赞赏到何等程度。

既然您想知道我的看法，那么我答复如下：

在世界的一隅，存在着人类的一大奇迹，这个奇迹就是圆明园。艺术有两种渊源：一为理念——从中产生欧洲艺术；一为幻想——从中产生东方艺术。圆明园属于幻想艺术。一个近乎超人的民族所能幻想到的一切都汇集于圆明园。圆明园是规模巨大的幻想的原型，如果幻想也可能有原型的话。只要想象出一种无法描绘的建筑物，一种如同月宫似的仙境，那就是圆明园。假定有一座集人类想象力之大成的宝岛，以宫殿庙宇的形象出现，那就是圆明园。为了建造圆明园，人们经历了

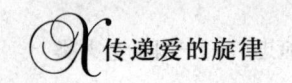

两代人的长期劳动。后来又经过几世纪的营造，究竟是为谁而建的呢？为人民。因为时光的流逝会使一切都属于全人类所有。艺术大师、诗人、哲学家，他们都知道圆明园。伏尔泰亦曾谈到过它。人们一向把希腊的帕提侬神庙、埃及的金字塔、罗马的竞技场、巴黎的圣母院和东方的圆明园相提并论。如果不能亲眼看见圆明园，人们就在梦中看到它。它仿佛是在遥远的苍茫暮色中隐约窥见的一件前所未知的惊人杰作，宛如亚洲文明的轮廓崛起在欧洲文明的地平线上。

这一奇迹现已荡然无存。有一天，两个强盗闯进了圆明园。一个强盗大肆掠劫，另一个强盗纵火焚烧。从他们的行为来看，胜利者也可能是强盗。一场对圆明园的空前洗劫开始了，两个征服者平分赃物。真是丰功伟绩，天赐的横财！两个胜利者一个装满了他的口袋，另一个看见了，就塞满了他的箱子。然后，他们手挽着手，哈哈大笑着回到了欧洲。这就是这两个强盗的历史。

在历史面前，这两个强盗一个叫法国，另一个叫英国。对他们我要提出抗议，并且谢谢您给了我抗议的机会。统治者犯下的罪行同被统治者是不相干的；政府有时会是强盗，可是人民永远不会。

法兰西帝国从这次胜利中获得了一半赃物，现在它又天真得仿佛自己就是真正的物主似的，将圆明园辉煌的掠夺物拿出来展览。我渴望有朝一日法国能摆脱重负，清洗罪恶，把这些财富归还被劫掠的中国。

先生，这就是我对远征中国的赞赏。

美文赏析：

  读过此文的每一个人都会向这位文学巨匠致敬。

  身为法国人，能够为外族伸张正义，不顾危险，不怕责难，把矛头指向自己的民族，大义凛然地指出："在历史面前，这两个强盗，一个叫法国，另一个叫英国。"言辞犀利讽刺，激动愤懑，淋漓尽致地揭露了英法两国侵略者的丑恶嘴脸，我们在震撼之余，不禁深深敬佩其勇气和无畏的精神。

  从作者对圆明园的描述中，不难看出他对圆明园的欣赏、热爱、痛惜之情，也可以看出他对全人类所怀的博爱之情。

  "时光的流逝会使一切都属于全人类所有"，这是一句让所有人看到会感到震撼的话。雨果从全人类的角度来看待圆明园，看待他从未见过的东方美好园林；他从全人类的角度谴责侵略者，对于人类失去的艺术瑰宝致以深切的哀悼。他的愤怒，让我们动容。作为中国人，我们能够为自己的国家和民族做什么，我们要用什么样的心去面对中华文明的一切？

传递爱的旋律

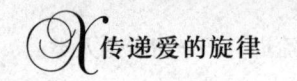

爱，是黑夜里的灯
——《永远的憧憬和追求》

［中国］萧红

萧红（1911—1942），中国现代著名女作家。黑龙江呼兰（今哈尔滨市呼兰区）人，原名张迺莹，笔名萧红、悄吟等。出身地主家庭，青年时代深受中外文学的熏陶。1933年开始正式发表作品，涉猎小说、散文和诗歌，被誉为"20世纪30年代的文学洛神"。代表作有《马伯乐》《生死场》《呼兰河传》等。

入选理由：

萧红的文笔秀丽明润、抒情委婉。她那风格独特的散文如波斯菊的花朵，每一朵都异常单纯，却汇成一片凄迷。明明色调温暖而明亮，但是在优美的花田之下，却有着无数的暗泉，通向永恒的孤独、死亡和人性中不可知的深处。

经典导读：

女性作者细致的观察和越轨的笔致，又增加了不少明丽和新鲜。

——中国作家　鲁迅

1911年，在一个小县城里边，我生在一个小地主的家里。那县城差不多就是中国最东最北部——黑龙江省——所以一年之中，倒有四个月飘着白雪。

父亲常常为着贪婪而失掉了人性。他对待仆人，对待自己的儿女，以及对待我的祖父都是同样的吝啬而疏远，甚至于无情。

有一次，为着房屋租金的事情，父亲把房客的全套的马车赶了过来。房客的家属们哭着诉说着，向我的祖父跪了下来，于是祖父把两匹棕色的马从车上解下来还了回去。

为着两匹马，父亲向祖父起着终夜的争吵。"两匹马，咱们是算不了什么的，穷人，这两匹马就是命根。"祖父这样说着，而父亲还是争吵。

九岁时，母亲死去，父亲也就更变了样，偶然打碎了一只杯子，他就要骂到使人发抖的程度。后来就连父亲的眼睛也转了弯，每从他的身边经过，我就像自己的身上生了针刺一样；他斜视着你，他那高傲的眼光从鼻梁经过嘴角而后往下流着。

传递爱的旋律

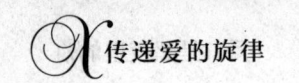

所以每每在大雪中的黄昏里,围着暖炉,围着祖父,听着祖父读着诗篇,看着祖父读着诗篇时微红的嘴唇。

父亲打了我的时候,我就在祖父的房里,一直面向着窗子,从黄昏到深夜——窗外的白雪,好像白棉一样飘着。而暖炉上水壶的盖子,则像伴奏的乐器似的振动着。

祖父时时把多纹的两手放在我的肩上,而后又放在我的头上,我的耳边便响着这样的声音:"快快长大吧,长大就好了。"

二十岁那年,我就逃出了父亲的家庭。直到现在还是过着流浪的生活。

"长大"是"长大"了,而没有"好"。

可是从祖父那里,知道了人生除掉了冰冷和憎恶而外,还有温暖和爱。

所以我就向着这"温暖"和"爱"的方面,怀着永久的憧憬和追求。

爱，是黑夜里的灯

美文赏析：

　　萧红出身于一个小地主家，那样的家庭环境意味着可以过上衣来伸手、饭来张口的生活。可母亲的早逝、父亲的冷漠无情使她没有得到一点家庭的温暖，她那幼小的心灵没有得到一点爱的润泽。幸好她有一个好祖父，祖父的仁慈、疼爱、安慰成为她成长中的明灯。难以想象，如果没有他的爱和关怀，一个那样倔强、敏感的小女孩儿该如何度过她漫长的童年。"快快长大吧，长大就好了"，无奈的祖父寄希望于未来，他的想象里，那一定是一种光辉明朗的日子。凭借着这美好的想象，萧红挨到二十岁，飞出了父亲的牢笼。虽然"长大"没有"好"起来，但从祖父那里获得的温暖和爱，已在她的生命里打上不灭的烙印。

　　萧红的这篇散文，没有华丽的语言，没有夸大的伤痛，朴素而令人感动，流露出希望和追求希望的热情。就是这种热情成就了她日后在文坛的不朽。封建的家庭不但没有影响她的文学创作，反而让她对封建的思想有更加深入的了解和认识，使她的身心和作品更靠近劳动人民。

　　萧红的文笔细致、抒情，读后久久不能忘怀。

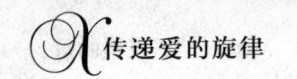

不能忘却的记忆
——《教师卡尔·伊凡内奇》节选

[俄国] 列夫·托尔斯泰

列夫·托尔斯泰（1828—1910），19世纪中期俄国最伟大的文学家，也是世界文学史上最杰出的作家之一，他的文学作品在世界文学中占有十分重要的地位。他以自己一生的辛勤创作，登上了当时欧洲批判现实主义文学的高峰，被列宁称为具有"最清醒的现实主义"的"天才艺术家"。代表作有长篇小说《战争与和平》《安娜·卡列尼娜》《复活》，其他作品还有《一个地主的早晨》《哥萨克》《高加索的俘虏》等。

入选理由：

本文从小处着眼，笔墨不多，介绍了一个男孩记忆中的家庭教师。全文没有"大事件"的发生，但一块块记忆的碎片中透露出的却是人间最珍贵的感情。

经典导读：

托尔斯泰是俄国革命的镜子，他的创作是全人类艺术发展中向前跨进的一大步。

——苏联政治家　列宁

18××年8月12日，也就是我过十岁生日，得到那么多珍奇的礼品以后的第三天，早晨7点钟，卡尔·伊凡内奇用棍子上绑着糖纸做的蝇拍在我的头上打苍蝇，把我惊醒了。他打得那么笨，不但碰着了挂在柞木床架上的我的守护神的圣像，而且让死苍蝇一直落到我的脑袋上。我从被子下面伸出鼻子，用手扶稳还在摇摆的圣像，把那只死苍蝇扔到地板上，用虽然睡眼惺忪，却含着怒意的眼光看了卡尔·伊凡内奇一眼。他呢，身上穿着花布棉袍，腰里束着同样料子做的腰带，头上戴着红毛线织的带缨小圆帽，脚上穿着山羊皮靴，继续顺着墙边走来走去，瞅准苍蝇，啪啪地打着。

"就算我小吧，"我想，"可是，他为什么偏偏要惊动我呢？他为什么不在沃洛佳的床边打苍蝇呢？瞧，那边有多少啊！不，沃洛佳比我大，我年纪最小，所以他就让我吃苦头。他一辈子净琢磨着怎么叫我不痛快。"我低声说，"他明明看见，他把我弄醒了，吓了我一跳，却硬装作没有注意到的样子……讨厌的家伙！连棉袍、小帽、帽缨，都讨厌死了！"

传递爱的旋律

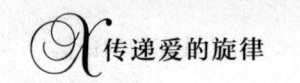

当我心里这样恼恨卡尔·伊凡内奇的时候,他却走到自己的床前,望了望挂在床头、镶着小玻璃珠的钟座上的钟,然后把蝇拍挂到小钉上,带着一种显然很愉快的心情向我们转过身来。

"起来,孩子们,起来!到时候了,妈妈已经在饭厅里了。"①他用德国口音和颜悦色地喊道。然后朝我走过来,坐到我的床边,从衣袋里掏出鼻烟壶。我假装在睡觉。卡尔·伊凡内奇先嗅了一撮鼻烟,擦了擦鼻子,弹了弹手指,然后才来收拾我。他一边笑着,一边开始搔我的脚后跟。"喂,喂,懒骨头。"他说。

尽管我怕痒,我还是没有从床上跳起来,也没有理睬他,只是把头更往枕头里钻,拼命踢蹬,竭力忍住不笑出来。

"他多善良,多喜欢我们,可是我却把他想得那么坏!"

我自己很难过,也替卡尔·伊凡内奇难过,我又想笑,又想哭,心里很乱。

"喂,别碰我。卡尔·伊凡内奇!"我眼泪汪汪地喊着,把头从枕头底下伸出来。

卡尔·伊凡内奇吃了一惊,放开我的脚,不安地问我到底是怎么回事,是不是做了什么噩梦?他那慈祥的德国人的面孔、他那竭力要猜出我为什么流泪的关注神情,更使我泪如雨下了。我很惭愧,而且不明白在一分钟之前,我怎么能不喜欢卡尔·伊凡内奇,认为他的棉袍、小帽和帽缨讨厌呢?现在,恰好相反,我觉得这些东西都非常可爱,连帽缨都似乎成了他很善良的证明。我对他说,我哭,是因为我做了一个噩梦,梦见妈妈死了,人们抬着她去下葬。这完全是我凭空编造的,因为我一点也不记得夜里做了什么梦。但是,当卡尔·伊凡内奇被我的谎话所打动,开始安慰我、抚摸我的时候,我却觉得自己真的做了那场噩梦,因此为另外的原因落起泪来了。

当卡尔·伊凡内奇离开我的时候,我从床上起来,往自己的小脚上穿长筒袜子。这时眼泪不怎么流了,但是我所虚构的那场噩梦所引起的阴郁心情,却仍然萦绕在我的脑海里。照料孩子的尼古拉进来了,他是一个身材矮小、外表整洁的人,一向严肃认真,彬彬有礼,是卡尔·伊凡内奇的好朋友。他给我们送来衣服和鞋:给沃洛佳拿来的是靴子,给我拿来的却是我当时讨厌的打着花结的鞋。我不好意思当着他的面哭泣。况且,阳光愉快地从窗口射进来,沃洛佳又站在脸盆架前面,很滑稽地模仿玛丽雅·伊凡诺芙娜(姐姐的女家庭教师),笑得那么开心,声音那么响亮,连肩头搭着毛巾、一手拿着肥皂、一手提着水壶的一本正经的尼古拉都笑着说:"得了,伏洛嘉少爷,请洗脸吧。"

我十分快活了。

"你们快准备好了吗?"从教室里传来卡尔·伊凡内奇的声音。

他的声音严厉,已经没有使我感动得落泪的音调了。在教室里,卡尔·伊凡内奇完全是另外一个人了,他是个十足的老师。我应声而来,连忙穿上衣服,洗好脸,手里还拿着

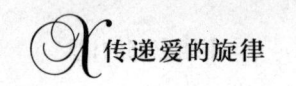

刷子，一边抚平我的湿漉漉的头发，一边走进教室。

卡尔·伊凡内奇鼻梁上架着眼镜，手里拿着一本书，坐在门窗之间他一向坐的地方。门左边摆着两个小书架：一个是我们孩子们的，另外一个是卡尔·伊凡内奇私人的。我们的书架上摆着各种各样的书——有教科书，也有课外读物。有些竖着，有些平放着，只有两大卷红封面的《游记》规规矩矩靠墙竖着，然后是大大小小、长短厚薄不等的书籍，有的有封皮没书，有的有书没封皮。每当课间休息以前，卡尔·伊凡内奇就吩咐我们整理"图书馆"（卡尔·伊凡内奇夸张地把这个小书架称作"图书馆"）的时候，我们总是把一切东西往那里乱塞。老师私人书架上的藏书，虽然册数没有我们书架上的那么多，种类却五花八门。我还记得其中的三册：一本是没有硬封皮的德文小册子，内容是讲在白菜地里施肥的方法；一本是羊皮纸的、烧掉了一角的《七年战争史》；另一本是《流体静力学教程》。卡尔·伊凡内奇把大部分时间都消磨在读书上，甚至因此损伤了视力。不过，除了这些书和《北方蜜蜂》以外，他什么都不看。

在卡尔·伊凡内奇的小书架上所有的东西中间，有一件东西最让我难忘。那就是一只用纸板做的圆盘，它安着木腿，可以借着木钉移动。圆盘上贴着一张画，上面画着一个贵妇和一个理发师。卡尔·伊凡内奇做得很好，这个圆盘也是他自己设计的——做这个圆盘的目的是遮住太亮的光线，保护自己视力很差的眼睛。

就是现在，我仿佛还能看见卡尔·伊凡内奇——高高的个子，穿着棉袍，戴着红色小帽，帽子下面露出稀疏的白发。他坐在一张小桌旁边，桌上摆着那只圆盘，圆盘上的阴影投射到他的脸上。卡尔·伊凡内奇一只手拿着书，另一只手搭在安乐椅的扶手上，面前放着一只表盘上画着猎人的钟、一块方格手帕、一个圆形的黑鼻烟壶、一只绿色眼镜盒和摆在小托盘里的一把剪烛花的剪刀。一切东西都那么规规矩矩、整整齐齐地摆在各自的位置上。单凭这种井井有条的秩序，就可以断定卡尔·伊凡内奇心地纯洁，心平气和。

平常，当我在楼下大厅里跑够了的时候，我总是踮着脚尖悄悄地上楼，跑进教室，那时候我总是发现，卡尔·伊凡内奇正独自一人坐在安乐椅上，神情安详端庄地阅读他喜爱的一本书。有时也遇到他没有读书，眼镜低低地架在大鹰钩鼻上，那双蓝眼睛半开半闭，呈现出一种特别的表情，嘴唇上浮着忧郁的微笑。房间里静悄悄的，只听得见他的均匀呼吸声和那块画着猎人的钟嘀嗒作响。

他常常没有发现我，我就站在门边想："可怜的，可怜的老头儿！我们人多，我们玩呀，乐呀，可是他孤零零一个，没有任何人安慰他。他说自己是孤儿，真是一点也不错。他的身世多么不幸呀！我记得他对尼古拉讲过自己的身世。他的处境真是可怜呀！"我非常可怜他，因此常常走到他跟前，拉住他的一只手说："亲爱的卡尔·伊凡内奇②！"他很喜欢我这么对他说话。每当这种时刻，他总要抚摩我，显然他深深地受了感动。

另一面墙上挂着几幅地图，差不多全是破的，不过，卡尔·伊凡内奇精心修补，把它们都裱糊得好好的。第三面墙的正中间是通楼梯的门，门的一边挂着两把尺：一把是我们的，刀痕累累；另外一把是崭新的，是他私人的，他用它训诫人的时候多，画线的时候少。门的另一边挂着一块黑板，上面用圆圈记着我们的大错，用十字记着我们的小错。黑板左边，就是罚我们下跪的角落。

这个角落令我终生难忘！我记得那个炉门，记得炉门上的通风孔以及人们转动它时发出的响声。有时，我跪着，跪着，觉得腰酸腿疼。这时候我心里就想："卡尔·伊凡内奇把我忘了。他大概是舒舒服服地坐在安乐椅上读他的《流体静

传递爱的旋律

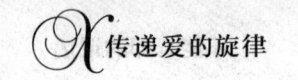

力学教程》，可是我呢？"为了让他想起我，我就把炉门轻轻打开又关上，或者从墙上抠下一块灰泥。但是，如果忽然有一块大大的灰泥嘭的一声掉到地板上，说真的，单是那份害怕就比任何惩罚都惊心。我回头望一望卡尔·伊凡内奇，他却依然捧着一本书在那里读，好像什么都没有觉察似的。

屋子中间摆着一张桌子，桌上铺着一块破黑漆布，漆布的许多窟窿里有好多地方露出被铅笔刀划出道道的桌子的边沿。桌子周围摆着几张没有漆过，但是由于使用了好久，已经被磨得锃亮的凳子。最后一面墙上有三扇小窗户，窗外的景色是这样：正前方有一条路，路上的每个坑洼、每颗石子、每道车辙，都是我早已熟悉和喜爱的；走过这条路，就是一条修剪得整整齐齐的菩提树林荫路，路后有些地方隐隐约约露出用树枝编成的篱笆；在林荫路后边，可以看见一片草地，草地的一边是打谷场，另一边是树林；树林深处可以看到守林人的小木房。从窗口朝右边眺望，可以看到一部分凉台，午饭以前，大人们常常坐在那里。当卡尔·伊凡内奇批改听写卷子的时候，我常常朝那边观望，我可以看见妈妈乌黑的头发和谁的脊背，也可以隐隐约约地听到那里的谈笑声。因为不能到那里去，我心里很生气，我想："我什么时候才能长大，不再学习，永远不再死念《会话课本》，而同我所喜欢的人坐在一起呢？"气恼会变成悲伤，天知道我为什么沉思，沉思些什么，我想得出了神，竟连卡尔·伊凡内奇因为我的错误而发起脾气，我都没有听到。

卡尔·伊凡内奇脱下棉袍，穿上他那件肩上有垫肩和打着褶的蓝色燕尾服，照着镜子理一理领带，就领着我们下楼去向妈妈问安了。

---

① 这两句话原文都是德语。
② "亲爱的"用德语说出。

美文赏析：

　　这是个十岁男孩眼中的家庭教师。

　　因为"打苍蝇事件"，我恼恨着他，甚至连他的帽缨都显得那么讨厌，可当他"和颜悦色"喊我起床，"笑"着搔我的脚后跟，他的脸"慈祥"地"关注"着我时，我又良心发现，"他多善良"。当他"安慰""抚摸"流泪的我时，这一回帽缨也变得那么可爱。而这巨大的心理变化间隔不过一分钟。

　　一个鲜活的小男孩形象呼之欲出，调皮、天真、感情丰富，具有这个年龄特有的善变。他和老师有着深厚的感情，多年后仍清晰地记得老师的三册书、纸做的小圆盘、帽子下稀疏的白发。那严厉而独特的"对付"孩子的办法，都不曾影响他的慈爱。在孩子眼中，那井井有条的书桌，那裱糊过的旧地图，都昭示着老师"心地纯洁，心平气和"。可就是这样的好人，却难逃孤独，当他"忧郁地微笑着"独处时，激发了孩子巨大的同情心，忍不住要去安慰他，哪怕是一句"亲爱的"也会使一老一少的心贴得更近。

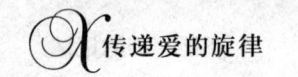

爱，可以超越苦难

——《在人间》节选

[苏联] 马克西姆·高尔基

马克西姆·高尔基（1868—1936），原名阿列克塞·马克西莫维奇·彼什科夫，苏联著名作家、评论家、政论家、学者。他生于木工家庭，没有受过系统教育，靠自学成才。曾当过学徒、搬运工、面包工人等。二十四岁发表处女作短篇小说《马卡尔·楚德拉》，从此走上文坛。重要的作品有长篇小说《母亲》，自传体三部曲《童年》《在人间》《我的大学》和剧本《小市民》。

入选理由：

无论哪一种体裁的作品，高尔基都把对人的精神的描绘放在第一位，借用他自己的话来说："文艺的任务是要把人身上最好的、优美的、诚实的也就是高贵的东西表现出来，激起人们对自己的自豪感和责任感。"

经典导读：

他无疑是无产阶级艺术最伟大的代表者。

——苏联政治家　列宁

森林像一队黑黝黝的军队，向我们迎面开来。云杉撑开翅膀，像大鸟，白桦树像小姑娘，沼地的酸气从田野上吹来。狗吐着红舌头挨着我走，它不时停下来嗅嗅地面，莫名其妙地摇晃着狐狸似的脑袋。

外祖父披着外祖母的短褂子，戴一顶没有遮阳的旧帽，眯缝着眼，莫名其妙地笑着，小心地移动着瘦腿，好像行窃似的。外祖母穿着蓝上褂、黑裙子，头上蒙着白头巾，像在地上滚着一般地走，很难跟上她。

我们靠着制作桅杆用的古铜色的松树干坐下，空气中饱含着松脂的气味。微风从野地拂拂吹来，摇动着木贼草。外祖母用粗黑的手采摘各种野草，对我讲着金丝桃、药蕙草、车前草的治疗的特性，蕨薇、黏性的狭叶柳叶菜，还有一种叫水鼠的满是尘埃的草的神效。

外祖父劈碎倒下的树木，叫我把劈好的搬在一起，我却跟在外祖母背后，悄悄躲进密林里去了。她在粗壮的树行中慢慢地走着，像潜水一样，老是把腰弯向撒满针叶的地上，一边走，一边自言自语地说：

传递爱的旋律

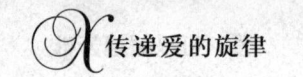

"又来得太早了,能摘的蘑菇还不多,上帝,你总不给穷人方便。蘑菇是穷人的美味呀!"

我留意着不叫她发现,默默地跟着她走,我不愿意打扰她跟上帝、青草、小蛙儿……谈话。

我们在森林里越走越深,来到一片浓荫密布的地方,几缕阳光直洒下来。在林中和暖舒服的地方,静静地鸣响着一种特别的、梦一样的、催人遐想的喧声。交喙鸟吱吱地叫,山雀啾啾地啼,杜鹃咯咯地笑,高丽莺吹着口笛,爱嫉妒的金翅雀一刻不停地唱,古怪的蜡嘴鸟沉思地吟咏。翡翠色的小青蛙在脚边蹦跳,一条黄颔蛇在树根前昂起金黄色的脑袋,正窥伺着青蛙。松鼠吱吱地叫着,蓬松的尾巴在松枝里掠过。可看的东西实在太多了,还想看得更多些,走得更远一些。

松树的树行中,呈现出透明的、形状像巨人身影一样的薄雾,随后又在绿荫中消失。绿荫深处,隐约透出一块银碧色的天空。好似绣上了越橘丛和干酸果蔓的青苔,像一张美丽的地毯,在脚下铺展开。石莓果像一滴滴血,掩映在绿草中。蘑菇发出浓郁的香气,刺着人的鼻孔。

"圣母呀,大地的光。"外祖母叹一口气,祈祷了。

她在森林里好像是周围一切的主人和亲人。她像熊一样地走着,对看到的东西都表示赞赏和感激。好像从她的身上发出一股暖流,注满了林中。我看见她踏过的青苔重新伸起来,感到分外高兴。

我一边走,一边想:去当强盗多好呀,抢劫那些贪心的富翁,把抢来的东西分给穷人——让大家都吃得饱饱的，快快乐乐，不再互相仇恨，不再像恶狗那样咬来咬去。最好我能走到外祖母的上帝、圣母跟前去，把这世界的真相统统告诉她：人们的生活过得怎样糟糕，他们怎样粗暴地、使人难过地彼此埋葬在恶劣的沙地里。总之，世界上有多少完全不必要的伤心事啊。圣母要是相信我的话，就让她给我智慧，使我能够把万事改变成另外一种样子，尽可能好一点。只要大家都听从我，我就会找到一种更好的生活。我是一个孩子，但这个没有关系，基督比我只大一岁的时候，已经有很多聪明人听他的话了……

我几乎天天请求外祖母：

"到森林里去吧！"

她每次都很乐意地答应我。我们就这样过了整个夏天，直到深秋，采些药草、草果、蘑菇、硬壳果之类。外祖母把采来的东西卖出去，就这样维持生活。

"饭桶！"外祖父厉声骂我们，虽然我们一点儿也没有吃他的。

森林使我感到精神上的安静和舒适，当我浸溺在这种感觉中的时候，我的一切忧愁都消失了，一切不快意的事都忘掉了，同时养成了一种特别的警觉性，我的听觉、视觉都更加敏锐了，记忆力更强了，印象更深刻了。

外祖母也使我更加惊奇。我总觉得她是万人中最高贵的人，世间最聪明最善良的人。她也不断地加强我的这种信心。有一天傍晚，我们采了白蘑菇回家，走出森林的时候，外祖母坐下来休息。我绕进树林后边去，看看是不是还有蘑菇。

忽然，听见外祖母说话的声音，回头看去，只见她坐在小路边，静静地揪去蘑菇的柄儿，有一条灰毛瘦狗伸出舌头站在她的身边。

"去，走开！"外祖母说，"好好儿去吧！"

我的那条狗，不久以前被瓦廖克毒死了，我很想把这条新狗弄到手，我跑到

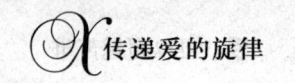

小路上去。狗脖子低着不动，奇怪地弓起身子，饥饿的绿眼睛向我瞟了一下，夹着尾巴逃进森林里去了。它身材并不像狗，我打了一个唿哨，它慌慌张张地逃进乱蓬蓬的草丛里去了。

"看见了吗？"外祖母笑眯眯地问，"开头我也看错了，只当是一条狗，仔细一瞧，长着狼牙，脖子也是狼形的。我简直吓了一跳，我就对它说：'倘若你是狼，你就滚开吧！'好在是夏天，狼老实……"

她从不会在森林里迷路，每次都能一丝不差地确定回家的道路。她按草木的气味，就能知道这个地方长什么蘑菇，那个地方又有什么样的香菇。她还常常考我：

"黄蘑菇长在什么树上？有毒和无毒的红头蘑菇怎样辨别？还有，什么香菇喜爱蕨薇？"

她瞧见树皮上有隐约的爪痕，就告诉我：这里有松鼠窝。我爬上树去把那个窝掏干净，掏出里边藏着的过冬的榛子。有时候能从一个窝里掏出十来磅……

有一次，我正在掏松鼠窝，一个打猎的往我身体的右半边打进了二十七颗打鸟的铁砂子。外祖母用针给我挑出了十一颗，其余的留在我的皮里好多年，慢慢儿都出来了。

外祖母见我能忍住痛，很高兴。

"好孩子，"她夸奖我，"能忍耐就能够有本领！"

每次她卖蘑菇和榛子回来，都要拿一点钱放在人家的窗台上做"偷偷的布施"，但她自己在过节的日子，也只穿破烂和打补丁的衣服。

"你穿得比要饭的还破，你真给我丢脸！"外祖父很生气地说。

"有什么关系，我不是你的闺女，又不是新娘。"

美文赏析：

　　高尔基善于把人物放在特定的环境里，让人物自己开口说话。没有华丽的铺垫，也没有起伏的悬念，更没有精心的布局，在他平静舒缓的叙事笔调里，所有的人物都"活"了起来，读者甚至闻到了森林里泥土的潮湿气息，看到了各种植物，听到了松鼠的脚步声……

　　这就是文字的魅力。四个字：身临其境。和人物同呼吸，共命运。

　　每个人都会爱上这个可爱的外祖母。她坚强、乐观、善良、勇敢，几乎集所有美好的品质于一身，她的童心、她的诙谐、她的勇气照亮了整个森林，也照亮了"我"的童年。在艰难岁月里，"我"仍然找到了快乐，并充满了美好的幻想，有着一颗博爱的心。在一个稚嫩的孩子的心里，有着超越自身苦难的美好愿望，那愿望代表了来自底层的所有受苦的人们，作者虔诚地希望人们能够得到快乐，维持温饱，世间不再有纷争。可以想象，作者深受自己善良的穿着破旧衣衫的外祖母的影响，外祖母即使在艰难的生活里，也会拿钱放在人家的窗台上做"偷偷的布施"。祖孙俩，有着一样温暖宽厚的心，热爱生活，更乐于帮助和自己同样处境困苦的人们。正是因为有这颗心，作者的童年才不至于在苦难中沉沦，反而能够体会到别样的温馨。

　　爱，可以超越苦难。

传递爱的旋律

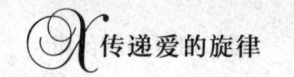

付出是爱的真谛
——《快乐王子》节选

[英国]奥斯卡·王尔德

奥斯卡·王尔德（1854—1900），19世纪英国杰出的文学家。1854年生于爱尔兰都柏林，父亲是有名的医生，母亲是诗人。1871年，考入都柏林三一学院，毕业后进入牛津大学学习，并开始为杂志写稿。1891年，出版《王尔德诗集》。在短暂的文学生涯里，他的戏剧、小说、童话及诗歌都取得了不俗的成就。

入选理由：

王尔德创作的童话数量，在他的作品中只占有很小的比例，但论其语言的经典、含意的深远却堪称大师之作。王尔德是位唯美的才子，他一直试图用一种凄美的意境营造童话世界。爱与哀伤是他作品的主题。

经典导读：

岁月肯定了他最优秀的著述，他安静地来到我们面前，杰出而高大，讲着寓言和哲理，欢笑而又哭泣，如此娓娓不绝，如此风趣不俗，如此确凿不移。

——美国文学家　理查德·依曼

付出是爱的真谛

  快乐王子的雕像高高地耸立在高大的石柱上面。他浑身上下镶满了薄薄的黄金叶片，明亮的蓝宝石做成他的双眼，剑柄上还嵌着一颗很大的灿灿发光的红宝石。

  燕子飞了整整一天，夜晚时才来到这座城市。"我去哪儿过夜呢？"他说，"我希望城里已做好了准备。"

  这时，他看见了高大圆柱上的雕像。

  "我就在那儿过夜，"他高声说，"这是个好地方，充满了新鲜空气。"于是，他就在快乐王子两脚之间栖息了下来。

  "我有黄金做的卧室，"他朝四周看看后轻声地对自己说，随后准备入睡了。但就在他把头放在翅膀下面的时候，一滴大大的水珠落在他的身上。"真是不可思议！"他叫了起来，"天上没有一丝乌云，繁星清晰又明亮，却偏偏下起了雨。北欧的天气真是可怕。"紧接着又落下来一滴。

  "一座雕像连雨都遮挡不住，还有什么用处？"他说，"我得去找一个好烟

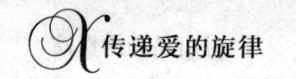

卤做窝。"他决定飞离此处。

可是还没等他张开翅膀,第三滴水又掉了下来,他抬头望去,看见了——啊!他看见了什么呢?

快乐王子的双眼充满了泪水,泪珠顺着他金黄的脸颊淌了下来。王子的脸在月光下美丽无比,小燕子顿生怜悯之心。

"你是谁?"他问对方。

"我是快乐王子。"

"那么你为什么哭呢?"燕子又问,"你把我的身上都打湿了。"

"以前我活着的时候,有着一颗凡人皆有的心脏,"雕像开口说道,"我并不知道眼泪是什么东西,而眼下我死了,他们把我这么高高地立在这儿,使我能看见自己城市中所有的丑恶和贫苦,尽管我的心是铅做的,可我还是忍不住要哭。"

"啊!难道他不是纯金的?"燕子对自己说。他很讲礼貌,不愿大声议论别人的私事。

"远处,"雕像用低缓而悦耳的声音继续说,"远处的一条小街上住着一户穷人。他们家的一扇窗户开着,透过窗户我能看见一个女人坐在桌旁。她的脸很瘦,又带病容。她的一双粗糙发红的手上到处是针眼,因为她是一个裁缝。她正在给缎子衣服绣上西番莲花,这是皇后最喜爱的宫女准备在下次宫廷舞会上穿的。房间角落里的一张床上躺着她生病的孩子。孩子在发烧,嚷着要吃橙子。他的妈妈除了给他喂几口河水外什么也没有,因此孩子老是哭个不停。燕子,燕子,小燕子,你愿意把我剑柄上的红宝石取下来送给她吗?我的双脚被固定在这基座上,不能动弹。"

"伙伴们在埃及等我。"燕子说。

付出是爱的真谛

"燕子，燕子，小燕子，"王子又说，"你不肯陪我过一夜，做我的信使吗？那个孩子太渴了，他的母亲伤心极了。"

"我觉得自己不喜欢小孩子。"燕子回答道。

可是，快乐王子的满脸愁容叫小燕子的心里很不好受。"这儿太冷了，"他说，"不过我愿意陪你过上一夜，并做你的信使。"

"谢谢你，小燕子。"王子说。

于是，燕子从王子的剑柄上取下那颗很大的红宝石，用嘴衔着，越过城里一座连一座的屋顶，朝远方飞去。

最后他来到了那个穷人的屋舍，朝里面望去。发烧的孩子在床上辗转反侧，母亲已经睡熟了，因为她太疲倦了。他跳进屋里，将红宝石放在那女人顶针旁的桌子上。随后他又轻轻地绕床飞了一圈，用翅膀扇着孩子的前额。"我觉得好凉爽，"孩子说，"我一定是好起来了。"说完就沉沉地进入了甜蜜的梦乡。

然后，燕子回到快乐王子的身边，告诉他自己做过的一切。"你说怪不怪，"他接着说，"虽然天气很冷，可我现在觉得好暖和。"

"那是因为你做了一件好事。"王子说。于是小燕子开始想王子的话，不过没多久便睡着了。对他来说，一思考问题就老想睡觉。

黎明时分，他飞下河去洗了个澡。"真是不可思议的现象，"一位鸟禽学教授从桥上走过时开口说道，

传递爱的旋律

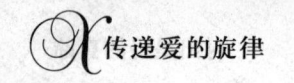

"冬天竟会有燕子!"于是他给当地的报社就此事写了一封长信。每个人都引用他信中的话,尽管信中的很多词语是人们理解不了的。

"今晚我要到埃及去。"燕子说,一想到远方,他就精神百倍。

月亮升起的时候他飞回到快乐王子的身边。"你在埃及有什么事要办吗?"他高声问道,"我就要动身了。"

"燕子,燕子,小燕子,"王子说,"你愿意陪我再过一夜吗?"

"伙伴们在埃及等我呀。"燕子回答说。

"燕子,燕子,小燕子,"王子说,"远远的,在城市的那一头,我看见住在阁楼中的一个年轻男子。他在一张铺满纸张的书桌前埋头用功,旁边的玻璃杯中放着一束干枯的紫罗兰。他有一头棕色的卷发,嘴唇红得像石榴,他还有一双朦胧的大眼睛。他正力争为剧院经理写一个剧本,但是他已经被冻得写不下去了。壁炉里没有柴火,饥饿又使他头昏眼花。"

"我愿意陪你再过一夜,"燕子说,他的确有颗善良的心,"我是不是再送他一块红宝石?"

"唉!我现在没有红宝石了。"王子说,"所剩的只有我的双眼。它们由稀有的蓝宝石做成,是一千多年前在印度出产的,你取出一颗给他送去吧。他会将它卖给珠宝商,好买回食物和木柴,完成他写的剧本。"

"亲爱的王子,"燕子说,"我不能这样做。"说完就哭了起来。

"燕子,燕子,小燕子,"王子说,"就照我说的话去做吧。"

因此燕子取下了王子的一只眼睛,朝年轻人住的阁楼飞去了。由于屋顶上有一个洞,燕子很容易进去。就这样,燕子穿过洞来到屋里。年轻人双手托脸颊,没有听见燕子翅膀的扇动声,等他抬起头时,正看见那颗美丽的蓝宝石放在干枯的紫罗兰上面。

"我开始受人欣赏了,"他叫道,"这准是某个极其钦佩我的人送来的。现在我可以完成我的剧本了。"他脸上露出了幸福的笑容。

第二天,燕子飞到海港去,他坐在一艘大船的桅杆上,望着水手们用绳索把大箱子拖出船舱。伴随着他们"嘿哟!嘿哟"的声声号子,一个个大箱子被拖了上来。"我要去埃及了!"燕子说道,但是没有人理会燕子。等月亮升起后,燕子又飞回到快乐王子的身边。

"我是来向你道别的。"燕子叫着说。

"燕子,燕子,小燕子,"王子说,"你不愿再陪我过一夜吗?"

"冬天到了,"燕子回答说,"寒冷的雪就要来了。亲爱的王子,我不得不离你而去了,只是我永远也不会忘记你的,明年春天我要给你带回两颗美丽的宝石,弥补你因送给别人而失掉的那两颗,红宝石会比红玫瑰还红,蓝宝石会比大海更蓝。"

"在下面的广场上,"快乐王子说,"站着一个卖火柴的小女孩。她的火柴都掉在阴沟里了,它们都不能用了。如果她不带钱回家,她的父亲会打她的,她正在哭呢。她既没穿鞋,也没有穿袜子,头上什么也没戴。请把我的另一只眼睛取下来,给她送去,这样她父亲就不会打她了。"

"我愿意陪你再过一夜,"燕子说,"但我不能取下你的眼睛,否则你就变成瞎子了。"

"燕子,燕子,小燕子,"王子说,"就照我说的话去做吧。"

于是燕子又取下了王子的另一只眼睛,带着它朝下飞去。燕子一下子落在小女孩的面前,把宝石悄悄地放在她的手掌心上。"一块多么美丽的玻璃呀!"小

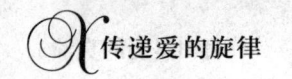

女孩高声叫着,她笑着朝家里跑去。

这时,燕子回到王子身旁。"你现在瞎了,"燕子说,"我要永远陪着你。"

"不,小燕子,"可怜的王子说,"你得到埃及去。"

"我要一直陪着你。"燕子说着就睡在了王子的脚下。

"我浑身贴满了上好的黄金叶片,"王子说,"你把它们一片片地取下来,给我的穷人们送去。活着的人都相信黄金会使他们幸福的。"

燕子将足赤的黄金叶子一片一片地啄了下来,直到快乐王子变得灰暗无光。他又把这些纯金叶片一一送给了穷人,孩子们的脸上泛起了红晕,他们在大街上欢欣无比地玩着游戏。"我们现在有面包了!"孩子们喊叫着。

可怜的小燕子觉得越来越冷了,但是小燕子却不愿离开王子,小燕子太爱这位王子了。小燕子只好趁面包师不注意的时候,从面包店门口弄点面包屑充饥,并扑扇着翅膀为自己取暖。

然而最后他也知道自己快要死去了。他剩下的力气只够再飞到王子的肩上一回。"再见了,亲爱的王子!"他喃喃地说,"你愿意让我亲吻你的手吗?"

"我真高兴你终于要飞往埃及去了,小燕子,"王子说,"你在这儿待得太久了。不过你得亲我的嘴唇,因为我爱你。"

"我要去的地方不是埃及,"燕子说,"我要去死亡之家。死亡是长眠的兄弟,不是吗?"

接着,小燕子亲吻了快乐王子的嘴唇,然后就跌落在王子的脚下,死去了。

就在此刻,雕像体内发出一声奇特的爆裂声,好像有什么东西破碎了。其实是王子的那颗铅做的心已裂成了两半。这的确是一个可怕的寒冷冬日。

"把城市里最珍贵的两件东西给我拿来。"上帝对他的一位天使说。于是天使就把铅心和死鸟给上帝带了回来。

"你的选择对极了，"上帝说，"因为在我这天堂的花园里，小鸟可以永远地放声歌唱，而在我那黄金的城堡中，快乐王子可以尽情地赞美我。"

美文赏析：

　　快乐王子对众生的仁爱、他与燕子之间的友爱，这两种伟大的感情交织在一起，让我们领略到人性的美好。

　　快乐王子生前并不知眼泪为何物，他的快乐无忧被人们称颂。可是成为雕像后，他目睹了人间的疾苦和磨难，被深深震撼了。那颗铅做的心迸发出人间最美的光芒——慈悲之光。为了帮助贫苦中的人们，他倾其所有，牺牲了自己，并把这种精神传递给了燕子。"虽然天气很冷，可我现在觉得好暖和。"他反复地恳求燕子留下，并非出于私心为自己找个伙伴，而是想借助燕子来送出宝石和黄金。

　　燕子开始只答应停留一晚，可是几个夜晚过去了，尽管他不断地念叨"我要到埃及去了"，他还是一次又一次地答应了快乐王子的请求。在王子瞎了以后，燕子主动提出"我要永远陪着你"，尽管他知道，那样寒冷的天气对一只燕子来说意味着什么。其实，他完全可以选择离开。王子的善良固然让他感动，而让他放弃生命也在所不惜的，却是他对王子的爱。"死亡是长眠的兄弟"，最后一刻，燕子表达了他的无悔。而王子面对朋友的死亡，不由得悲痛心裂，无疑，他们之间的友情是世间最崇高无私的。

　　童话总有着美好的结局，在上帝的花园里，快乐王子和他的朋友燕子一起快乐地生活，这是我们期待的。如果没有这样的结局，我们也一样为他们大声喝彩。

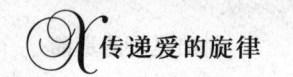

刻在心上的一幕

——《农夫马列伊》节选

[俄国] 陀思妥耶夫斯基

陀思妥耶夫斯基（1821—1881），19世纪俄国作家。他曾在彼得堡军事工程学校工作，后走上文学道路。1845年他发表第一篇作品《穷人》，此后陆续发表小说《双重人格》《白夜》等。1849年，他因参加革命活动被政府流放，十年苦役使他的思想从人道主义转向了感伤主义。长篇小说《被侮辱和被损害的》和根据自身感受写成的《死屋手记》，使他声名鹊起。1866年出版的《罪与罚》，使他获得世界文坛认同。他的主要作品还有《赌徒》《白痴》《卡拉马佐夫兄弟》等。

入选理由：

陀思妥耶夫斯基的作品除去语言的感染力外，还充斥着多元化表现形式，使得他的文字不仅具有文学性，还兼备了哲学的深刻。

经典导读：

就表现力而言，可能只有莎士比亚能与陀思妥耶夫斯基媲美。

——苏联著名文学家　高尔基

他写人物，几乎无须描写外貌，只要以语气、声音，就不独将他们的思想和感情，便是面目和身体也表示着。又因为显示着灵魂的深，所以一读那作品，便令人发生精神的变化。

——中国作家　鲁迅

在服苦役的四年中我不断地回忆我的整个过去，似乎在回忆中我又重新经历我那昔日的全部生活。这些回忆都是自然地显现出来，我很少按自己的意愿去回想，常常是从一点一线开始，——有时是很难觉察到的，而后一点一点地扩大为一个完整的画面，形成一个鲜明的、完整的印象。我对这些印象进行分析，使往事具有新的特点，而重要的还在于对往事进行修正，不断地修正。我的全部消遣就在于此。这一次不知为什么，我脑海中突然浮现出童年时（我那时才九岁）一个极平常的瞬间——它似乎被我忘得一干二净了。那时候我特别喜欢回忆我的童年。回忆中，我们乡村八月的情景就呈现在我的眼前：那是一个干爽、晴朗的日子，但有几分凉意，微风习习。夏天在消逝，不久我就要去莫斯科学习法语了，整整一个冬天，又该腻烦死了。真舍不得离开这乡村。我穿过打谷场，下到山沟里，再往上走到洛斯克——我们这儿这样称呼山沟那面伸展到小树林的那片茂密的灌木林。我钻进灌木林，听到不远处——约莫三十步远，有个农夫在林中旷地上耕作。我知道，在陡坡上耕地，马儿是很吃力的，所以我有时可听到农夫的一

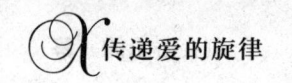

声声吆喝:"驾——驾!"这里的农夫我差不多都认识,但现在是哪一个在耕作我不清楚。

对我来说反正是一回事。我正专心致志地办自己的事儿哩,我也一样忙不迭:折胡桃树枝鞭打青蛙。榛树枝好看可不结实,比桦树条差远了。我也很迷恋小昆虫和小甲虫,并进行采集。它们真是漂亮极了。我也很喜欢动作敏捷、带黑斑的红黄色小蜥蜴,但我惧怕蛇,不过比起蜥蜴来,蛇要少得多。这儿很少有蘑菇,采蘑菇要到桦树林里去,我正准备要去哩。平生没有什么比森林更让我喜爱的了,那里有蘑菇、野果、昆虫、小鸟、刺猬、松鼠,以及我非常爱闻的枯枝败叶的潮湿气味。甚至现在写到这儿时,我也闻到了我们乡村里桦树的芳香,因为它给我的印象终生难忘。在一片寂静中,我忽然十分清晰地听到一声喊叫:"狼来了!"我吓得魂飞魄散,也大叫起来,然后边喊边跑向林中旷地,直奔正在耕地的农夫。

原来是我们村的农夫马列伊。我不知道他是否叫这个名字,但是大家都叫他马列伊——一个五十岁左右的农夫,结实、魁梧的身材,又宽又密的一把深褐色胡子里间杂着一绺绺的银须。我认识他,但至今从未有机会同他说话。他听到我的叫声,就让马儿停下来。我飞快地跑上去,一手抓住他的犁,另一手抓住他的衣袖。他看出我惊吓不已的样子。

"狼来了!"我气喘吁吁地叫着。

他抬起头,不由自主地环顾四周,一时竟也相信了我的话。

"狼在哪儿?"

"有人喊……刚才有人喊'狼来了'……"我嘟嘟囔囔地说。

"哪里,哪里,哪有什么狼?是你的幻觉吧。你看,这哪儿有狼呢?"他喃喃地鼓励我说。但我浑身打颤，死死地抓着他的上衣，我的脸色想必一定煞白。他怀着不安的微笑看着我，显然在为我担惊受怕。

"瞧你，吓成这样，哎呀呀！"他摇着头说，"得啦，亲爱的。瞧你这小鬼，哎呀！"

他伸出一只手突然在我的脸上摸了摸。

"喂，得啦，愿上帝保佑你，画十字吧。"但我没有画十字，我的嘴角颤动着，这好像使他格外吃惊。他轻轻地伸出一个指甲乌黑、沾着泥土的粗大手指，又轻轻地碰了一下我打颤的嘴唇。

"瞧你，哎呀！"他久久地对我现出慈母般的微笑，"天哪，这是怎么了，哎呀呀！"

我终于明白了，没有狼，我听到"狼来了"的喊声是我的一种幻觉。虽然喊声是那么清晰，但这样的喊声（不只是关于狼的）我以前也听到过一两回，都是我的幻觉。这种现象我是知道的（后来这些幻觉伴随着童年一起消失了）。

"好吧，那我走了。"我迟疑地、羞涩地望着他说。

"好的，你走吧，我会目送你，一定不会让狼伤害你的。"他补充说，依旧慈母般地对我微笑，"嗯，愿上帝保佑你，走吧。"他给我画了个十字，也给自己画了个十字。我走了，差不多每走十步就回头望望。我走的时候，马列伊和那匹马一直站在那里目送我，我每次回头，他都对我点头。说实在的，我怕成那样，在他面前感到有几分

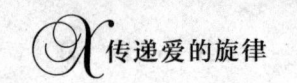

惭愧哩。然而，我一边走还一边怕狼，直到爬上沟谷的斜坡到达第一个窝棚时，我害怕的心情才完全消除。我家的护院狗沃尔乔克不知从哪儿突然蹿到我的跟前。有沃尔乔克在，我精神大振，最后一次转过身来回望马列伊，他的脸庞已模糊难辨，但我感到他依然在向我亲切微笑和频频点头。我向他挥了挥手，他也对我挥挥手，就策马向前走去。

"驾——驾！"又听到他在远处的吆喝声，马儿拉着木犁又开始走起来。

所有这一切我都一下子回想起来了，并且不知为什么还那么确切、详尽。蓦地，我清醒过来，从板床上坐起来，我记得，脸颊上还留有回忆时的浅笑。我又继续想了一会儿。

当时，从马列伊那儿回家后，我没有同任何人谈起过我的这次"险遇"，况且，这又算得了什么险遇呢？那时，我很快就把马列伊忘了。后来同他偶尔相遇，我也从没有同他攀谈，不论是关于狼的还是别的什么。而今相隔二十年后，在西伯利亚，我却突然想起了那次相遇，是如此清晰，如此入微。就是说，那次相遇是不知不觉地铭刻在我心上，是自然而然地不以我的意愿为转移地被记下来了，而一旦需要，它就会马上浮现出来。我回忆起了一个穷苦农奴温柔的慈母般的微笑以及他画十字、点头的情景："瞧你，小鬼，受惊了吧！"

尤其是他那沾有泥土的粗大手指，他用它轻柔地、羞怯地碰了碰我颤动的嘴唇。当然，任何人都能给小孩鼓励，但是，那单独相遇时所发生的事情却似乎迥然不同，即使我是他的亲生骨肉，他也不可能用更圣洁的爱怜眼光待我了。是谁叫他这么做呢？他是我家的农奴，而我还是他的少爷，谁也不知道他给过我爱抚，也不会因此而赏赐他什么。他是不是很爱孩子呢？这样的人是有的。我们是在荒郊野外单独相遇的，也许只有天上的上帝才能看得见。一个粗野、不识字，而且无所期待、对自身自由也无所奢望的俄国农奴，他的心底却充满着文明人类多么博大的感情，充满着多么细腻、近乎女性的温柔！请问，康斯坦丁·阿克萨科夫①在谈到我国人民的高度教养时，他所指的难道不正是这个吗？

我记得，我从床上下来环视四周后，我突然觉得，对这些不幸的人我是用截然不同的目光看待的。我胸中的一切憎恨和愤懑须臾间神奇般地烟消云散了。我往前走去，端详着迎面而来的一张张面孔。这个被剃光头发、脸上留有印记的农夫喝醉了酒，在大声嘶哑地唱着醉歌。他也许就是那个马列伊，因为我还未能看清他的内心深处。当天晚上，我再次碰到米·斯基②，一个不幸的人，他的脑子里已经不可能有关于马列伊一类人的任何回忆，除了"我恨透这些暴徒了"③那一句话外，对他们这些人也不可能有任何别的看法。不，这些波兰人所经受的苦难比我们多多了。

---

① 康斯坦丁·阿克萨科夫（1817—1860）：俄国历史学家，诗人。
② 米·斯基：作者在流放中所遇到的一个波兰政治犯。
③ 原句用法语说出。

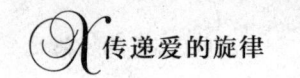

美文赏析：

　　作者回忆了自己孩提时代的一个片段，它在整个记忆的长河中只不过是一朵瞬间闪过的浪花，似乎是早就忘却的，却是那样清晰地出现在脑海里。确切地说，根本没有什么事件发生，九岁的"我"被"狼来了"的声音吓到，一个叫马列伊的农奴安慰了"我"。

　　细节的描写打动了我们的心，马列伊"沾有泥土的粗大手指""轻柔""羞怯"的动作——那是一双被压迫的劳动人民的手，却满含着善意与温柔。还有那"圣洁的爱怜眼光""慈母般的微笑"，统统来自"一个粗野、不识字，而且无所期待、对自身自由也无所奢望的俄国农奴"。

　　而"我"是主人家的少爷。没人让他这么做，他也不会得到一点好处。用作者自己的话来回答，"他的心底却充满着文明人类多么博大的感情"，那就是超越地位、阶级的人类之爱。马列伊不认识"爱"字，那并不妨碍他拥有这种高尚的情感。这种深切、无私的爱不知不觉地烙印在"我"的生命中。多年后，依然照亮我的内心，使痛苦中的"我"念及人间的爱与温暖，心胸不禁豁然开朗。

打开智慧之门

——《培根随笔》节选

[英国] 弗兰西斯·培根

弗兰西斯·培根（1561—1626），英国著名的思想家、唯物主义哲学家和现代实验科学始祖。他十二岁时进入剑桥大学三一学院学习，后在葛莱法学院攻读法律，二十三岁当选为国会议员，进入政界。1597年发表了他的处女作《培根人生论》，又称《培根随笔》，并逐年完善。他在书中将自己对社会的认识和思考，以及对人生的理解，浓缩成许多富有哲理的名言警句，深受广大读者的欢迎。

入选理由：

《培根随笔》入选美国《优良读物指南》的推荐书目，并被美国《生活》杂志评为"人类有史以来的二十种最佳书"之一。《论求知》《论美》是其中两篇。

经典导读：

培根是英国唯物主义和整个现代实验科学的真正始祖。

——德国思想家　马克思

他的文笔不时闪耀着诗情，而且正因为他的文章饱含着智慧，一般是朴素的，在这样的环境下，诗情一出现，就显得特别美丽，令读者的眼睛为之一亮。

——中国翻译家　王佐良

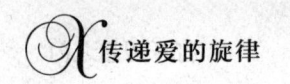

论求知

求知可以作为消遣，可以作为装饰，也可以增长才干。

当你孤独寂寞时，阅读可以消遣；当你高谈阔论时，知识可供装饰；当你处世行事时，正确运用知识可显示出个人的才能。

经验丰富的专家虽然善于正确判断细枝末节的小事，但若要纵观全局，运筹帷幄，却唯有学识广博者方能办到。求知太慢会懒惰，为装潢而求知是自欺欺人，完全照书本教条办事会变成偏执的书呆子。

求知可以完善人的天性，而经验又可以完善学识。人的天性犹如野生的花草，求知好比修剪移栽。而学识本身，虽能指引方向，但往往流于浅泛，如果不受到经验的约束，则难免会沦为空谈，贫乏无物。

狡诈者轻鄙学问，愚鲁者羡慕学问，唯聪明者善于运用学问。知识本身并没有告诉人怎样运用它，运用的方法乃在书本之外。这是一门技艺，不经实验就不能学到。

不可专为挑剔辩驳去读书，但也不可轻易相信书本。求知的目的不是为了吹嘘炫耀，而应该是为了寻找真理，启迪智慧。

有的知识只需浅尝，有的知识只要粗知，只有少数专门知识需要深入钻研，仔细揣摩。换句话说，有的书只需读其中一部分，有的书只需知其中梗概即可，而对于少数好书，则要精读，细读，反复地读。也就是说，有的书可以请人代读，然后看他的笔记摘要就行了。但这只限于质量粗劣的书。否则一本好书将像已被蒸馏过的水，变得淡而无味了！

读书使人的头脑充实，讨论使人明辨是非，做笔记则能使人严谨。因此，如果一个人不愿做笔记，他的记忆力就必须强而可靠；如果一个人只愿孤独探索，他的头脑就必须格外锐利。

读史使人明智，读诗使人聪慧，演算使人精密，哲理使人深刻，伦理学使人有修养，逻辑修辞使人善辩。总之，"知识能塑造人的性格"。

不仅如此，精神上的各种缺陷，都可以通过求知来改善——正如身体上的缺陷，可以通过运动来改善一样。例如打球有利于腰肾，射箭可扩胸利肺，慢跑则有助于消化，骑术使人反应敏捷，等等。同样，一个思维不集中的人，他可以研究数学，因为数学稍不仔细就会出错；缺乏分析判断力的人，他可以研究哲学，因为这门学问最讲究繁琐辩证；不善于推理的人，可以研究法律案例。如此看来，种种心智上的缺陷，都可以通过求知来疗治。

论美

美德好比宝石，它在朴素背景的衬托下更华丽。同样，一个打扮并不华贵却举止得体、举止端庄的人是令人肃然起敬的。很少有容貌出众的人同时品行兼修

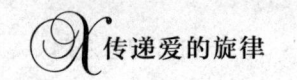

的，因为造物主是吝啬的，他给了此就不再予以彼。所以许多容颜俊秀的人徒有其表而缺乏内涵；他们所追求的也多半是外貌的美丽而不是才德的高尚。但这话也不全对，因为奥古斯都、菲斯帕斯、菲利普王、爱德华四世、阿尔西巴底斯、伊斯梅尔等，都既是大丈夫，又是美男子。

仔细考究起来，相貌之美要胜于服饰之美，而优雅行为之美又胜于相貌之美。美的最高境界是画家所无法表现的，因为它并非一眼就能够捕捉。这是一种奇妙的美。曾经有两位画家——阿皮雷斯和丢勒滑稽地认为，可以按照几何比例，或者通过摄取不同人身上最美的特点，用画合成一张最完美的人像。其实这样画出来的美人，恐怕只有画家本人喜欢。美是不能制定规范的，创造它的常常是机遇，而不是公式。有许多脸型，就它的部分看并不优美，但作为整体却非常动人。

有些老人显得很可爱，因为他们的行为举止十分优雅。拉丁谚语说过："晚秋的秋色是最美好的。"而尽管有的年轻人具有美貌，却由于缺乏美的修养而不配得到赞美。

美犹如盛夏的水果，是容易腐烂而难保持的。世上有许多美人，他们有过放荡的青春，却经受着愧悔的晚年。因此，把美的形貌与美的德行结合起来吧。只有这样，美才会放射出真正的光辉。

美文赏析：

　　翻开培根的《培根随笔》，处处可见警句格言，如闪耀的钻石。读者仿佛来到一个巨大的宝藏中，每走一步都会有惊喜。培根生于16世纪，但他的思想直至今日仍然可以引领人们的精神之旅，他是深刻的，也是非常具有前瞻性的。时间验证了他的睿智，并令之光芒大现。他智慧的语言，如金石般掷地有声，被很多人奉为座右铭，用一生去践行其真谛。

　　《论求知》句句精辟。开篇点出读书的功用：怡情——孤单时增添趣味；博彩——谈论时用作装饰；长才——处世时判断是非。饱学之士，可以运筹帷幄，统领大局。关于怎样读书，作者又给出了答案：不可刁难作者，也不要尽信，放下书本研究思考才是最重要的。真正的知识因阅读产生，却又超越了书本。读书，也不可一味死读，可分粗读、细读，简言之，因书而异，因读书人的需求而异。

　　"读书使人的头脑充实，讨论使人明辨是非，做笔记则能使人严谨。"——书能给人带来精神食粮，使人储备足够的才智，为将来的发展做好充裕的准备。没有无用的知识，没有浪费的阅读，知识不但能塑造人的性格，更是一剂良药，对人的缺陷可以起到治疗的作用。

　　《论美》引经据典，精彩地论述了美的形神。外貌的美只是形，只有内在的德才是美的精髓。作者把形体、颜色、行为三者放在一起比较，从而强调美德是美的精华。同时，美无模式，不可下定义，和谐也是另一种美。作者以老人和年轻人为例，来说明美的实质。没有人排斥形貌的美丽，但只有形神兼备，才能使美大放异彩，这种有灵魂的美才是美的至高境界。

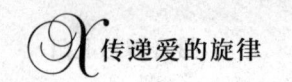

永远的湖光梦影
——《琵琶湖》节选

[日本] 横光利一

横光利一（1898—1947），日本小说家，新感觉派代表作家之一，生于福岛县北会津东山温泉。1916年进入早稻田大学预科学习，未毕业即离校，开始在同仁杂志上发表作品。1923年他开始为《文艺春秋》写稿，发表了《苍蝇》和《太阳》，引起文学界的重视。

入选理由：

横光利一追求深层次的意境美，丰富细腻的感知能力使他的文字底蕴不凡，对于世间万物有着体贴入微的关怀和表达能力，他的文字似有一种魔力。

经典导读：

他成立了一个文学流派，开创了一个文学时代，铸成了一段文学历史。

——日本作家　川端康成

横光的小说披露了他很高的气性，而横光的随笔和游记，则表明了他是个好沉思默想和喜欢四处游历的人。

——中国翻译家　李振声

要说怀念，每个人怀念得最多的恐怕是夏天。我在二十岁前后，一到夏天就回近江的大津。尤其是因为小学时的家就在大津的湖畔，琵琶湖的夏日景色在我脑子里便难舍难分。至今仍是每次坐火车走东海道，车一到大津市境内，就会独自激动不安，在眺望着窗外的脸上，会自然而然地浮现出微笑来。这种私自的暗喜之情，似乎谁身上都有。我二十一二岁光景时的一个夏天，由大津上东京去，前面坐着一位二十二三岁的美丽女子。直到车近东京，我和她既未交一言，也未对觑过，就这么坐了一夜。第二天清早车抵大津时，突然，她笑着对我说了一句话："那座看得见的房屋，就是我住的！"我连应都没来得及应一声，望着窗外她指给我看的房屋，就这么一言不发地和她分了手，各奔东西。还有一回，我遇到一件跟这很相像的事，那也是我二十二三岁时夏天的事，是去九州。火车驶进熊本境内，沿球磨川激流，从一个又一个隧道中穿进穿出的当儿，一位老人正打着响鼾躺在我前面的座位上。当时，我们这节车厢里除了我和老人，再也没有别的人了。火车驶临一处断崖，之后不久，在隔着河流的对岸绝壁的中腹，出现了

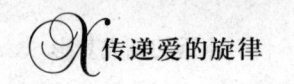

一间孤零零的房屋，那位老人一跃而起，连看也不看我一眼，就微微一笑，指着那处房屋说道："那是俺老伴的老家哩！"说完又一骨碌睡了过去。

这些故事虽然微不足道，却总是难以忘怀，成了一生中欢快的记忆。想写点什么或拉家常的时候，它们便是最先浮现在我眼前的事。然而，类似那位老人的心理和前面那位女子的心情的那种欣喜，在东海道上，除了大津，其他地方还不曾在我身上发生过。一到大津，即使身边是不相识的人，我也会受到一种按捺不住的情绪的诱惑，身不由己地想告诉身边的人，这儿就是我童年时待过的地方。大津的美，也许偶尔去大津的人也能感觉得到。去年，头一回随我去关西的妻，走了京都、大阪、奈良这几处后，一到大津，便暗地里告诉我，关西她最喜欢的是大津。和妻一起去大津是早春，而夏日的大津之美，则要远远有异于早春。

"唐崎之松比花朦胧"，芭蕉的这句俳句，俳人中不少人颇不以为然，但我觉得，不是始终从膳所、石场这一带看惯了对岸唐崎的松树的人，是难以懂得这一俳句的美的。

一俟日子临近夏季，"今年该上哪儿消夏去？"每年都会有这样的问题在等着我。然而，比起故乡的夏日来，我还是更喜欢都市的夏日。好像谁都会觉得，若是一整个夏季都是在都市度过的话，那这一年的日子便算不得十全十美。可我却不这么想。夏日的美和乐趣，夜晚要胜过白昼，而在故乡，一到晚上只能早早上床就寝，故而一心盼望的只是夏季早点过去。但若身在都市，或是秋天已然来临，又会为逝去的夏天惋惜不已。而夏天尤其是我最能做事的时候，出门旅行便会坐失一年中的工作时机。在年岁将尽之时，人们便会期盼起来年各自所喜爱的季节来，而我最期盼的是夏季。点灯照向夏季已然消逝的欢乐的过去，去年的夏日与今年的夏日之间消弭了差异，少年时的岁月便幻影般地浮现了上来。乘扫着灯笼的船，从湖上朝对岸的唐崎渡去，那夜晚的景色，是构筑我生活的记忆中极为重要的一种。当我被异常痛苦的事情所烦恼时，便会想到，难道就再也没有让人快乐的事了吗？在浮想联翩中，苦苦思忖一下，是围绕着什么在展开想象，就我而言，说来真是奇怪，便是夜间在湖上渡行的少年时光的那份单纯的记忆。虽闹不清这究竟是怎么回事，但像油一般悠然晃动的暗波上，星星点点倒映着街灯的疏远之美，瓜和茄子，在掠过湖面给人凉意的风中漂流，这当儿，数只喧声笑语不绝于耳的灯笼船，正朝远处山腰间放着光亮的比睿山灯火处渡去。这份夜渡庆典的欢乐，也许可以看作人们漠然感觉到了暗夜行路这一人世命运的一种象征性的欢乐吧。所谓象征，便是在过去的记忆中，从那种最具概括力的场面中所感受到的东西。从这个意义上说，夜渡琵琶湖的庆典之于我，就有着这样的意味。当此之时，小小汽船的栏杆上，悬铃般挂着的七彩斑斓的提灯灯影下，一张张冒着汗水的脸庞笑逐颜开。数只这样的汽船，每逢追上或被别的船追上，紧挨着的船栏上便会立时发出哄闹声，就会争相将瓜和茄子朝对方的船舷投掷过去。船到唐崎，人们便在那里上岸，围着如今早已消失了的老松树绕行，然后再乘船归来。日期是早已忘了，大致是盂兰盆节那一天吧。大津的北端有个叫尾花川的去处，这里是出产蔬菜的地方，从田里开溜下来的大南瓜，就这么带着藤蔓浮在湖水上。不知怎么回事，这漂浮的南瓜，一到夏天便定然会浮现在我的脑子里。尾花川的街口，便是河口，由这里流向山中的一段运

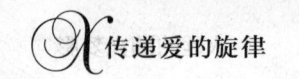

河，两岸是绵延不绝的枸橘林，一到秋季，橙黄的果实便散发出浓郁的气味，令人心旷神怡。运河在三井寺开始进入山区，三井寺一带又是结满了果子的柯树。去年我重游阔别多年的故地，只有这一带景物依然如故。至今仍保存着明治初年气息的街道，在关西恐怕要推大津，而大津，则大致只有河口一带了。

我的朋友永井龙男出生在江户，足不出东京将近有三十年之久。他第一次去关西，曾到奈良、京都、大阪转过一圈。因为永井的直觉要比常人灵敏得多，所以我一心一意等着他回来后，好听他谈论对关西的印象。他回来后这样说："我到关西各处转了转，但没一个地方能让我产生出像别人所说的那样的感觉，只有一个地方，即近江的坂本，还有好感。"问他喜欢坂本哪里，说是日枝神社里边的石桥。因为听他说起对那里很感佩，便问他去了大津没有，回答说是没有。我对他说，喜欢坂本的话，就该去河口至三井寺那一带看看，但转念一想，夏日奥之院里的那种泥地色泽的美和清寂，却是不容易为人所知的。那泥土的美丽色泽里，残存着昔日繁华都市的色彩。在空前极度繁荣过的土地上，总觉得人们习以为常踩惯了的脚下，漂浮着一层油脂般的沉稳色泽。我所见过的地方里，神奈川的金泽和镰仓尽管都已衰败殆尽，但幕府时代的那种殷富的表情，至今仍在石墙、树墩子，以及道路的平坦和舒展自如中清清楚楚地显现着。在东北，则是松岛瑞严寺，然后是岩手的平泉，这些都是与大津的奥之院里的泥地色泽相仿的去处。如果朝奥之院深处一直走下去，那么就有一条穿越京都的近道，而当地人对此几乎浑然不知。我想，若对这里来一番追根究底的话，那肯定还会有许多更加弥足珍贵的去处。那条近道我也曾经走过，路的两边尽是一堆堆贝冢[①]，就像重峦叠嶂一样。

青年时代读过的田山花袋的纪行文里，这样写着：琵琶湖的色泽看来正在一年一年死去。它确确实实正在死去。当时我读到这里，很是感佩，以为里边闪烁出的毕竟是文人的眼光。时至今日，每次坐火车打琵琶湖畔经过，就会想起花袋的话来，感触尤深。每次和琵琶湖打照面，我也总会生出这样的感觉，觉得它跟泥沼一样，正在渐渐失去生气。

大津城临近湖面的地方，行人稀疏，非常冷清，离湖越远的地方就越是热闹，看情形，就像是湖面上的空气会将居住在这里的人们心头的活气攫走似的。近江商人在本乡本土成不了气候，而擅长在他乡发迹，这一特点，固然有多种多样的原因，但原因之一，也许是置身在湿气氤氲的湖面空气里，身心被孕育成了胆汁质的气质，一步步自然而然地养成了不轻易动怒的隐忍自重之风。这一观察或许有点儿滑稽可笑，但对一直居住在一种达到饱和状态的气压下的居民来说，他们的忍耐心要比居住在干燥气候中的居民来得更强些，那也是一种事实。

去年，我行走在大津的街市上，被大街上膨胀起来的众多人口吓了一跳。但大津当地人是不会把他们对事物的感触表露出来的，毋宁说，他们对别人是很冷漠的。作如是想的，也许不光是我一个吧。

① 由古人舍弃的贝壳等物堆积而成的遗址。

传递爱的旋律

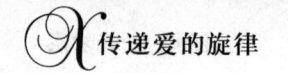

美文赏析：

　　横光利一的文章无论是叙事还是写景，都有一种关怀之情在其中，自然、人文，都能触动他的内心，自然而然地引发他的感想。就是这种无处不在的情感因子，让我们得以神游他的精神世界。

　　怀念琵琶湖，是在怀念一段记忆。逝去的时光中，总有一两样鲜亮如旗的标志，在提醒我们往昔的美好，无论我们何时回头，它都在风中猎猎作响。湖是横光的旗子。开篇他就提到了夏天，并断言"每个人怀念得最多的恐怕是夏天"。何出此言？是少年时夜渡琵琶湖的经历使然。七彩的灯影、冒着汗水的笑脸、汽船间的追逐、人们的嬉闹，爱上那份单纯的快乐，连带爱上那个季节。而他也不无忧虑，重游故地，大自然正在渐渐失去原来的风貌，人们不是习惯地踩在脚下，就是浑然不觉，甚至连琵琶湖也不能幸免，"正在渐渐失去生气"。人们不再亲近湖水，有些东西，就这样随岁月流走了。

我苦难的父老乡亲

——《卖米》节选

[中国] 飞花

飞花（1979—2003），原名张培祥，湖南人，毕业于北京大学。其作品《卖米》曾经获得北京大学首届校园原创文学大赛一等奖。

入选理由：

这是一篇催人泪下的文章，因为它已经不是文章，它就是作者的生活本身，每一个细节都是真实的，相信这样的真实在中国大地上还每时每刻都在发生，如果，我们无力做一点儿什么，至少可以读一下这篇文章吧！

经典导读：

有些文章，要用更广阔的视角去看，要放在无限广阔的背景里去看，正如我们在看《卖米》的时候，不只是看到了琼宝一家的遭遇。我们会想到上下五千年、纵横八千里的中国大地上的农民们。

——中国作家　红尘

传递爱的旋律

天刚蒙蒙亮,母亲就把我叫起来了:"琼宝,今天是这里的场,我们担点儿米到场上卖了,好弄点儿钱给你爹买药。"

我迷迷糊糊睁开双眼,看看窗外,日头还没出来呢。但村里的人向来不等日出就起床的,所以有个童谣这么说懒人:"懒婆娘,睡到日头黄。"但我实在太困,又在床上懒了一会儿。

隔壁传来父亲的咳嗽声,母亲在厨房忙活着,饭菜的香气混合着淡淡的油烟味飘过来,慢慢驱散了我的睡意。我坐起来,穿好衣服,开始铺床。

"姐,我也跟你们一起去赶场好不好?你买冰棍给我吃!"

弟弟顶着一头睡得乱蓬蓬的头发跑到我房里来。

"毅宝,你不能去,你留在家里放水。"隔壁传来父亲的声音,夹杂着几声咳嗽。

弟弟有些不情愿地冲隔壁说:"爹,天气这么热,你自己昨天才中了暑,今天又叫我去,就不怕我也中暑!"

"人怕热，庄稼不怕？都不去放水，地都干了，禾都死了，一家人喝西北风去？"父亲一动气，咳嗽得越发厉害了。弟弟冲我吐吐舌头，扮了个鬼脸，就到父亲房里去了。只听见父亲开始叮嘱他怎么放水，去哪个塘里引水，先放哪丘田，哪几个地方要格外留神别人来截水，等等。

吃过饭，弟弟就找着父亲常用的那把锄头出去了。我和母亲开始往谷箩里装米，装完后先称了一下，一担八十多斤，一担六十多斤。

我说："妈，我挑重的那担吧。"

"你学生妹子，肩膀嫩，还是我来。"

母亲说着，一弯腰，把那担重的挑起来了。

我挑起那担轻的，跟着母亲出了门。

"路上小心点儿！咱们家的米好，别便宜卖了！"父亲披着衣服站在门口嘱咐道。

"知道了。你快回床上躺着吧。"母亲艰难地把头从扁担旁边扭过来，吩咐道，"饭菜在锅里，中午你叫毅宝热一下吃！"

赶场的地方离我家大约有四里路，我和母亲挑着米，在窄窄的田间小路上走走停停，足足走了快一个钟头才到。场上的人已经不少了，我们赶紧找了一块空地，把担子放下来，把扁担放在地上，两个人坐在扁担上，拿草帽扇着。一大早就这么热，中午就更不得了，我不由得替弟弟担心起来。他去放水，是要在外头晒上一整天的。

我往四周看了看，发现场上有许多人卖米，莫非他们都等着用钱？场上的人大都眼熟，都是附近十里八里的乡亲，人家也是种田的，谁会来买米呢？

我问母亲，母亲说："有专门的米贩子会来收米的。他们开了车到乡下来赶

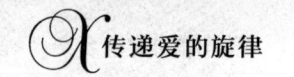

场,收了米,拉到城里去卖,能挣好些咧。"

我说:"凭什么都给他们挣?我们也拉到城里去卖好了!"其实自己也知道不过是气话。

果然,母亲说:"咱们这么一点儿米,又没车,真弄到城里去卖,挣的钱还不够路费呢!早先你爹身体好的时候,自己挑着一百来斤米进城去卖,隔几天去一趟,倒比较划算一点儿。"

我不由心里一紧,心疼起父亲来。从家里到城里足足有三十多里山路呢,他挑着那么重的担子走着去,该多么辛苦!就为了多挣那几个钱,把人累成这样,多不值啊!

但又有什么办法呢?家里除了种地,也没别的收入,不卖米,拿什么钱供我和弟弟上学?

我想着这些,心里一阵阵难过起来。看看旁边的母亲,头发有些斑白了,黑黝黝的脸上爬上了好多皱纹,脑门上密密麻麻都是汗珠,眼睛有些红肿。

"妈,你喝点儿水。"

我把水壶递过去,拿草帽替她扇着。

米贩子们终于开着车来了。他们四处看着卖米的人,走过去仔细看米的成色,还把手插进米里,抓上一把米细看。

"一块零五。"

米贩子开价了。卖米的似乎嫌太低,想讨价还价。

"不还价,一口价,爱卖不卖!"

米贩子态度很强硬,毕竟,满场都是卖米的人,只有他们是买家,不趁机压价,更待何时?

母亲注意着那边的情形,说:"一块零五?也太便宜了。上场还卖到一块一哩。"

正说着,有个米贩子朝我们这边走过来了。他把手插进大米里,抓了一捧出来,迎着阳光细看着。

"这米好咧!又白又匀净,又筛得干净,一点沙子也没有!"

母亲堆着笑,语气里有几分自豪。的确,我家的米比场上其他人卖得都好。

那人点了点头,说:"米是好米,不过这几天城里跌价,再好的米也卖不出好价钱来。一块零五,卖不卖?"

母亲摇摇头:"这也太便宜了吧?上场还卖一块一呢。再说,你是识货的,一分钱一分货,我这米肯定好过别家的!"

那人又看了看米,犹豫了一下,说:"本来都是一口价,不许还的,看你们家米好,我加点儿,一块零八,怎么样?"

母亲还是摇头:"不行,我们家这米,少说也要卖到一块一。你再加点儿?"

那人冷笑一声,说:"今天肯定卖不出一块一的行情,我出一块零八你不卖,等会儿散场的时候你一块零五都卖不出去!"

"卖不出去,我们再担回家!"那人的态度激恼了母亲。

"那你就等着担回家吧。"那人冷笑着,丢下这句话走了。

我在旁边听着,心里算着:一块零八到一块一,每斤才差二分

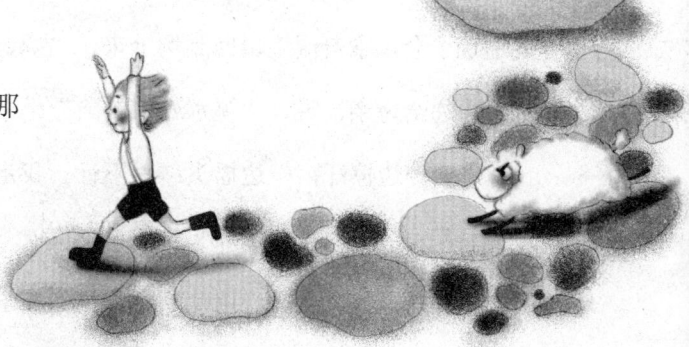

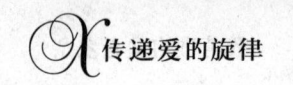

钱。这里一共一百五十斤米，总共也就三块钱的事情，路这么远，何必再挑回去呢？我的肩膀还在痛呢。

我轻轻对母亲说："妈，一块零八就一块零八吧，反正也就三块钱的事。再说，还等着钱给爹买药呢。"

"那哪行？"母亲似乎有些生气了，"三块钱不是钱？再说了，也不光是几块钱的事，做生意也得讲点儿良心，咱们辛辛苦苦种出来的米，质量也好，哪能这么贱卖了？"

我不敢再说。我知道种田有多么累。光说夏天放水，不就把爹给病倒了？弟弟也还十一二岁的毛孩子，还不得扛着锄头去放水！要知道，夏天水紧张，大家为了放水，吵架骂架都不稀罕，还常常有动手的呢！甚至平常关系不错的邻居，这节骨眼上也难免要伤了和气。毕竟，这是一家人的生计啊！

又有几个米贩子过来了，他们也都只出一块零五。有一两个出到一块零八，也不肯再加。母亲仍然不肯卖。

看看人渐渐少了，我有些着急了。母亲一定也很心急吧，我想。

"妈，给你擦擦汗。"我把毛巾递给她。可是在家里特地浸湿了好揩汗的毛巾已经被晒干了。我跑道路边的小溪里，把毛巾泡湿了。溪水可真凉啊！我脱了凉鞋，站在水中的青石板上，弯下腰，把整张脸都埋到水里去。真舒服啊！我在溪边玩了会，拿着湿毛巾回到场上来，"妈，你也去那边树下凉快一下吧！"我把毛巾递给母亲，说，"溪水好凉的。"

母亲一边擦汗，一边摇头："不行。我走开了，来人买米怎么办？你又不会还价！"

我有些惭愧。百无一用是书生，虽然在学校里功课好，但这些事情上就比母亲差远了。

又有好些人来买米,因为我家的米实在是好,大家都过来看,但谁也不肯出到一块一。

看看日头到头顶上了,我觉得肚子饿了,便拿出带来的饭菜和母亲一起吃起来。母亲吃了两口就不吃了。我知道她是担心米卖不出去,心里着急。

母亲收起笑容,叹了口气:"还不知道卖得掉卖不掉呢。"

我趁机说:"不然就便宜点儿卖好了。"

母亲说:"我心里有数。"

下午人更少了,日头又毒,谁愿意在场上晒着呢。看看母亲,衣服都沾在背上了,黝黑的脸上也透出晒红的印迹来。

"妈,我替你看着,你去溪里泡泡去。"

母亲还是摇头:"不行,我有风湿,不能这么在凉水里泡。你怕热,去那边树底下躲躲好了。"

"不用,我不怕晒。"

"那你去买根冰棍吃好了。"

母亲说着,从兜里掏出两毛钱零钱来。

我最喜欢吃冰棍了,尤其是那种叫"葡萄冰"的最好吃,也不贵,两毛钱一根,但我今天突然不想吃了:"妈,我不吃,喝水就行。"

最热的时候也过去了,转眼快散场了。卖杂货的小贩开始降价甩卖,卖菜、卖西瓜的也都吆喝着:"散场了,便宜卖了!"

我四处看看,场上已经没有几个卖米的了,大部分人已经卖完回去了。母亲也着急起来,一着急,汗就出得更多了。

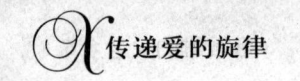

终于有个米贩子过来了:"这米卖不卖?一块零五,不讲价!"

母亲说:"你看我这米,多好!上场还卖一块一呢……"

不等母亲说完,那人就不耐烦地说:"行情不同了!想卖一块一,你就等着往回担吧!"

奇怪的是,母亲没有生气,反而堆着笑说:"那,一块零八,你要不要?"

那人从鼻子里哼了一声,说:"你这个价钱,就是开场的时候也难得卖出去,现在都散场了,谁买?做梦吧!"

母亲的脸一下子白了,动着嘴唇,但什么也没说。

一旁的我忍不住插嘴了:"不买就不买,谁稀罕?不买你就别站在这里挡道!"

"哟,大妹子,你别这么大火气。"那人冷笑着说,"留着点儿气力等会儿把米担回去吧!"

等那人走了,我忍不住埋怨母亲:"开场的时候人家出一块零八你不卖,这会儿好了,人家还不愿意买了!"

母亲似乎有些惭愧,但并不肯认错:"本来嘛,一分钱一分货,米是好米,哪能贱卖了?出门的时候你爹不还叮嘱叫卖个好价钱?"

"你还说爹呢!他病在家里,指着这米换钱买药治病!人要紧还是钱要紧?"

母亲似乎没有话说了,等了一会儿,低声说:"一会儿人家出一块零五也卖了吧。"

可是再没有人来买米了,米贩子把买来的米装上车,开走了。

散场了,我和母亲晒了一天,一粒米也没卖出去。

"妈，走吧，回去吧，别愣在那儿了。"

我收拾好毛巾、水壶、饭盒，催促道。

母亲迟疑着，终于起了身。

"妈，我来挑重的。"

"你学生妹子，肩膀嫩……"

不等母亲说完，我已经把那担重的挑起来了。母亲也没有再说什么，挑起那担轻的跟在我后面，踏上了回家的路。

肩上的担子好沉，我只觉得压着一座山似的。

突然脚下一滑，我差点摔倒。我赶紧把剩下的力气都用到腿上，好不容易站稳了，但肩上的担子还是倾斜了一下，洒了好多米出来。

"啊，怎么搞的？"母亲也放下担子走过来，嘴里说，"我叫你不要挑这么重的，你偏不听，这不是洒了。多可惜！真是败家精！"

败家精是母亲的口头禅，我和弟弟干了什么坏事她总是这么数落我们。但今天我觉得格外委屈，也不知道为什么。

"你在这儿等会儿，我回家去拿个簸箕来把地上的米扫进去。浪费了多可惜！拿回去可以喂鸡呢！"母亲也不问我扭伤没有，只顾心疼洒了的米。

我知道母亲的脾气，她向来是"刀子嘴，豆腐心"的，虽然也心疼我，嘴里却非要骂我几句。想到这些，我也不委屈了。

"妈，你回去还要来回走个六七里路呢，时候也不早了。"我说。

"那这些地上的米怎么办？"

我灵机一动，把头上的草帽摘下来："装在这里面好了。"

母亲笑了："还是你脑子活，学生妹子，机灵。"

传递爱的旋律

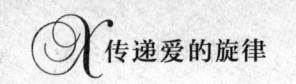

说着，我们便蹲下身子，用手把散落在地上的米捧起来，放在草帽里，然后把草帽顶朝下放在谷箩里，便挑着米继续往家赶。

回到家里，母亲便忙着做晚饭，我跟父亲报告卖米的经过。父亲听了，也没抱怨母亲，只说："那些米贩子也太黑了，城里都卖一块五呢，把价压这么低！这么挣庄稼人的血汗钱，太没良心了！"

我说："爹，也没给你买药，怎么办？"

父亲说："我本来就说不必买药的嘛，过两天就好了，花那个冤枉钱做什么！"

晚上，父亲咳嗽得更厉害了。母亲对我说："琼宝，明天是转步的场，咱们辛苦一点儿，把米挑到那边场上去卖了，好给你爹买药。"

"转步？那多远，十几里路呢！"我想到那漫长的山路，不由有些发怵。

"明天你们少担点儿米去。每人担五十斤就够了。"父亲说。

"那明天可不要再卖不掉担回来哦！"我说，"十几里山路走个来回，还挑着担子，可不是说着玩的！"

"不会了不会了。"母亲说，"明天一块零八也好，一块零五也好，总之都卖了！"

母亲的话里有许多辛酸和无奈的意思，我听得出来，但不知道怎么安慰她。

我自己心里也很难过，有点儿想哭。我想，别让母亲看见了，要哭就躲到被子里哭去吧。

可我实在太累了，头刚刚挨到枕头就睡着了，睡得又香又甜。

美文赏析：

读这篇文章的时候，很多编者都不禁叹息，本来嘛，我们正在编写的是一本可供青少年学子阅读的美文，我们要选择那些清新的、明媚的，如同春日暖阳一般的文章，让他们在每一个早晨，在朗声阅读的时候感受生活的美好，生命的美丽。

但是，我们还是选了这篇文章，我们想，有必要让他们——那些和琼宝及她的弟弟一样的孩子们被更多的同龄人知道，了解他们的生活，就是了解我们的兄弟姐妹，我们的父老乡亲。我们必须知道在那片土地上，他们在怎样生存，他们的父母被称作农民。汗珠洒在地上摔成八瓣的农民，他们辛苦挣扎，为了生活而不断奋斗，实在是太辛苦了！

《卖米》讲的是农民生活的一个场景，卖而不得，为了多赚三块钱，几里山路，母女两个挑来再挑回去。这可能是农民的真实经历，我们能够为他们做点儿什么吗？

X 传递爱的旋律

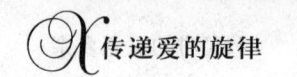

向前一步，就是深渊
——《断崖》

[日本] 德富芦花

德富芦花（1868—1927），日本近代著名社会派小说家、散文家，生于熊本县。少年时受自由民权运动熏陶，1885年信奉基督教，1888年在熊本县任教，翌年入民友社任校对，并开始写作。1898年凭借小说《不如归》崭露头角。1903年发表长篇小说《黑潮》，震惊日本文坛。在传记、小说、散文、随笔等领域均有建树，著有随笔集《自然与人生》《青山白云》《蚯蚓的呓语》等。

入选理由：

自然与人生何其相似！我们无力改变自然中的天险，却可以尝试填平人生中的深渊，只要战胜自己，就一定能做到。

经典导读：

德富芦花，用文字为自然画像的作家，他对自然的出色专注，将让每一个阅读《自然与人生》的读者领悟：我们功利之外的世界是多么亲切美好。

——中国散文家　苇岸

《自然与人生》里的散文，篇幅短小，构思新巧，笔墨灵秀，行文自然，语言晓畅而富音韵之美，精确描摹了大自然的千变万化。

中国译者　陈德文

从某小祠到某渔村有一条小道，路上有一处断崖。其间二百多丈长的羊肠小道，从绝壁边通过，上是悬崖，下是大海。行人稍有一步之差，便会从数十丈高的绝壁上翻落到海里，被海里的岩石撞碎头颅，被乱如女鬼头发的海藻缠住手脚。身子一旦堕入冰冷的深潭，就会浑身麻木，默默死去，无人知晓。

断崖，断崖，人生处处多断崖！

某年某月某日，有两个人站在这绝壁边的小道上。

前边的是他。他是我的朋友，竹马之友——也是我的敌人，不共戴天的仇敌。

他和我同乡，生于同年同月，共同荡一只秋千，共同读一所小学，共同争夺一位少女。起初是朋友，更是兄弟，不，比兄弟还亲。而今却变成仇敌——不共戴天的仇敌。

他成功了，我失败了。

同样的马，从同一起跑线上出发，是因为足力不同吗？一旦奔跑起来，那匹

传递爱的旋律

马落后了，这匹马领先了。有的偏离跑道，越出了范围，有的摔倒在地。

真正平安无事跑到前头，获得优胜的是极少数。人生也是这样。

在人生的赛马场上他成功了，我失败了。

他踏着坦荡的路，获取了现今的地位。他家资丰殷富足，他的父母疼爱他。

他从小学经初中、高中、大学，又考取了研究生，取得了博士学位。他有了地位，得到了官职，聚敛了这么多的财富。

当他沿着成功的阶梯攀登的时候，我却顺着失败的阶梯下滑。家中的财富在日渐减少，父母不久也相继去世。未到十三岁，就只得独立生活。然而，我有一个不朽的欲念，我要努力奋斗，自强不息。可是正当我临近毕业的时候，剥蚀我生命的肺病突然袭上身来。一位好心肠的外国人，可怜我的病体，在他回国时，把我带到了那个气候温和、空气清新的国家去了，病状逐渐减轻。我在这位恩人的监督下，准备拾起功课，打算报考大学，谁知恩人突然得急症死了。于是我孑然一身，漂泊异乡。我屈身去做用人，挣了钱想寻个求学的地方。这时，病又犯了，只得返回故国。在走投无路、欲死未死的当儿，又找到了一条活路。我做了一名翻译，跟着一个外国人，来到了海边浴场，而且同二十年前的他相遇了。

二十年前，我俩在小学的大门前分手，二十年后再度相逢。他成了一名地位显赫的要人，而我还是一名半死不活的翻译。二十年的岁月把他捧上成功的宝座，把我推进失败的深渊。

我能心悦诚服吗？

成功能把一切都变成金钱。失败者低垂的头颅尽遭蹂躏。胜利者的一举一动都被称为美德。他以未曾忘记故旧而自诩，对我以你相称，谈起往事乐呵呵的，一提到新鲜事，就说一声"对不起"，但是他却显得洋洋自得，满脸挂着轻蔑的神色。

我能心悦诚服吗？

我被邀请去参观他的避暑住所。他儿女满堂，夫人出来行礼，长得如花似玉。谁能想到这就是我当年同他争夺的那位少女。

我能心悦诚服吗？

不幸虽是命中注定，但背负着不幸的包袱却是容易的吗？不实现志愿绝不止息。未成家，未成名，孤影飘零，将半死不活的身子寄于人世，即使是命中注定，也不甘休。然而现在我的前边站着他。我记得过去的他，并且我看到他正在嘲笑如今的我。我使自己背上了包袱，他在嘲笑这样的包袱。怒骂可以忍受，冷笑无法忍受。天在对我冷笑，他在对我冷笑。

不是说天是有情的吗？我心中怎能不愤怒呢？

某月某日，他和我站在绝壁的道路上。

他在前，我在后，相距只有两步。他在饶舌，我在沉默。他甩着肥胖的肩膀走着，我拖着枯瘦的身体一步一步喘息、咳嗽。

我的眼睛不由自主向绝壁下面张望。断崖十仞，碧潭百尺。只要动一下指头，壁上的"人"就会化作潭底的"鬼"。

我掉转头，眼睛依然望着潭下。我终于冷笑了，瞧着他那宽阔的背，一直凝

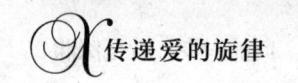

视着，一直冷笑着。

突然一阵响动。一声惊叫进入我的耳孔，他的身子已经滑下崖头。为了不使自己坠落下去，他拼命抓住一把茅草，身子却悬在空中。

"你！"

就在这一秒之内，他那苍白的脸上，骤然掠过恐怖、失望和哀怨之情。

就在这一秒之内，我站在绝壁之上，心中顿时涌起过去和未来复仇的快感、怜悯。各种复杂的情绪在心中搏击着。

我俯视着他，伫立不动。

"你！"他哀叫着拽住那把茅草。茅草发出沙沙响声，草根眼看要被拔掉了。刹那之间，我趴在绝壁的小道上，顾不得病弱的身子，鼓足力气把他拖了上来。

我面红耳赤，他脸色苍白。一分钟后，我俩相向站在绝壁之上。

他怅然若失地站了片刻，伸出血淋淋的手同我相握。

我缩回手来，抚摩一下剧烈跳动的胸口，站起身来，又瞧了瞧颤抖的手。

得救的，是他，不是我吗？

我再一次凝视着自己的手。

翌日，我独自站在绝壁的道路上，感谢上天，是它搭救了我。

断崖十仞，碧潭百尺。

啊，昨天我曾经站在这座断崖之上吗？这难道不就是我一生的断崖吗？

美文赏析：

　　德富芦花毕生崇尚自然，热爱和平。他善于把自己的感情寄托在大自然中，为我们展示自然之中的人生，这也是他的文字会使人动情的原因吧。

　　很多时候，心灵的魔鬼就潜伏在我们的周围，甚至离我们一步之遥。驱赶它的唯一方法就是与之搏击，并战胜它。其中的过程也许只需一秒钟，也许要花费一生。

　　"人生处处多断崖！"光明与黑暗，理智与感情，美好与丑恶，往往一线之隔，却有天壤之别。在生活的磨难中，我们可能就此沉沦、堕落，也可能在瞬间觉悟，再世为人。在最重要的关头，选择对的道路，将迎来海阔天空。反之，将万劫不复。怎样面对我们生命中的"断崖"呢？人生中有无数个瞬间是自我相对的时刻，正视内心的弱点，修炼、净化我们的思想，无视心灵的断崖，人生将处处都是平原旷野。

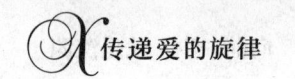

渴望旅行的小不点

——《尼尔斯骑鹅旅行记》节选

[瑞典] 塞尔玛·拉格洛夫

塞尔玛·拉格洛夫（1858—1940），瑞典优秀女作家。生于瑞典西部一个军人之家，从小喜爱读书，迷恋故事。成年后做了一名地理教师。在任教的十年中，发表了许多出色的短篇小说。《尼尔斯骑鹅旅行记》是她的代表作，也是她唯一的长篇童话。这本书被译介到世界各国，陪伴了无数人的童年。1909年，拉格洛夫获得了诺贝尔文学奖，五年后被选为瑞典皇家学会会员。

入选理由：

《尼尔斯骑鹅旅行记》是一本陪伴全世界一代又一代孩子成长的书，一本和作者同时被印在纸币上的书，一本在瑞典乃至全世界家喻户晓的书。

经典导读：

获此殊荣是由于她作品中特有的高贵的理想主义、丰饶的想象力、平易而优美的风格。

——瑞典文学院评语

孩子们可以一边读迷人的故事，一边欣赏瑞典的风貌人情。没有比《尼尔斯骑鹅旅行记》更富知识性的童话，也没有比它更有趣的地理书。

——《纽约时报》书评

星期四整整一天尼尔斯都在想，大雁们所以不带他到拉普兰去旅行，肯定是因为他们晓得了他以前调皮捣蛋所做的种种劣迹。所以，这天晚上，他听到消息说松鼠小姐被人抓走，孩子们快要饿死的时候，他便决心去营救他们。他营救成功，干得很出色，这在前面已经讲过了。

尼尔斯在星期五那天走进森林里时，他听到森林深处传来黄莺的歌唱声。歌的内容是松鼠小姐如何被野蛮的强盗掳去，留下了嗷嗷待哺的小松鼠，看鹅的尼尔斯如何英勇地闯入人类之中，把小松鼠送到她的身边。

动物们一齐唱道，"小不点真伟大，他救了小松鼠。小松鼠爸爸会送给他坚果。以前的仇恨也就此打住！当狐狸斯密尔出现的时候，麋鹿就会驮起他逃走。隼露面的时候，山雀会向他发出警报。勇敢的小不点，兔子跳着舞向他祝贺，金丝雀和云雀也来道贺！"黄莺也大放歌喉赞美。

尼尔斯可以肯定阿卡和大雁们都听到了这一切，但是星期五整整一天过去了，他们还是没有说出他可以留在他们身边的话。

直到星期六清晨，大雁们还可以在上奥德周围一带的田野上自由自在觅食，而不受到狐狸斯密尔的骚扰。可是星期六清早大雁们来到田野的时候，他早已埋伏在那里虎视眈眈地等候着。他紧随不舍地从一块田地追到另一块田地，使他们无法安安生生地觅食。当阿卡明白过来斯密尔存心不让他们得到安宁的时候，她便当机立断，挥动翅膀飞上天空，率领雁群一口气飞了几十千米，飞越过菲什县平原和林德厄德尔山岿上长满杜松的山背后。他们一直飞到威特斯克弗莱一带才降落下来歇歇脚。

可是，在前面已经讲过了，大雄鹅在威特斯克弗莱被人偷偷地掳走了。倘若不是尼尔斯竭尽全力舍命相救的话，恐怕大雄鹅已经尸骸无存了。

传递爱的旋律

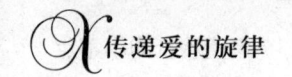

当尼尔斯同雄鹅在星期六晚上一齐返回维姆布湖的时候,他觉得自己这一天见义勇为,表现得十分出色。他很想知道阿卡和大雁们会说些什么。大雁们委实把他夸奖了一番,然而他们却偏偏没有说出他所渴望听到的话来。又是一个星期天到来了,尼尔斯被妖术改变形象已经有一个星期了,而他的模样一直是那么小。

不过,他似乎已经并不因为这个缘故而烦恼不堪了。星期天下午,他蜷曲着身体,坐在湖边一大片茂密的杞柳丛里,吹奏起用芦苇做成的口笛。他身边的灌木丛中的每个空隙里都挤满了山雀、黄莺和白头翁,他们啁啁啾啾不停地歌唱,他试图按着曲调学习吹奏。可是尼尔斯的吹奏技术还没有入门,吹得常常走调,那些精于此道的小先生们听得身上的羽毛直竖起来,失望地叹息和拍打翅膀。尼尔斯对于他们的焦急感到很好笑,忍不住咯咯地笑了起来,连手中的口笛都掉到了地上。

他又重新开始吹奏,但是仍旧吹得那么难听,所有的小鸟都气呼呼地埋怨说:"小不点,你今天吹得比往常更糟糕。你吹得老是走调。你脑袋里究竟在想些什么呀?"

"我一心不能二用嘛。"尼尔斯无精打采地回答说,其实他的确心事重重。他坐在那里,心里老在嘀咕自己究竟还能同大雁们在一起待多久,说不定当天下午就会被打发回家去。

突然之间，尼尔斯将口笛一扔，从柳树上纵身跳下来，钻了出去。他已经一眼瞅见阿卡率领着所有的大雁排成一列长队朝他这边走来，他们的步伐异乎寻常地缓慢而庄重。尼尔斯马上就明白了，他将会知道他们究竟打算将他怎么办。

他们停下来以后，阿卡开口说道："你有一切道理对我产生疑心，小不点。因为你从狐狸斯密尔的魔爪中将我搭救出来，而我却没有对你说过一句感激的话。可是，我是那种宁愿用行动而不用言语来表示感谢的人。小不点，现在我相信我已经为你做了一件大好事来报答你。我曾经派人去找过对你施展妖术的那个小精灵。起先，他连听都不要听那些想要让他把你重新变成人的话。我一而再、再而三地派人去告诉他，你在我们之间表现得何等出色。他终于让我们祝贺你，只要你一回到家里，就会重新变回跟原来一样的人。"

事情真是出乎意料，大雁刚开始讲话的时候，尼尔斯还是高高兴兴的。而当大雁讲完话的时候，他竟然变得那么伤心！他一言不发，扭过头去呜呜咽咽哭了起来。

"这究竟是怎么啦？"阿卡问道，"你似乎指望我比现在做更多的事情来报答你，是不是？"

然而，尼尔斯心里想的却是，那么多无忧无虑的愉快日子，那么逗笑的戏谑，那么惊心动魄的冒险和毫无约束的自由，还有在远离地面的那么高的空中飞翔，这一切他统统都将丧失殆尽。他禁不住伤心地号啕起来。

"我一点都不在乎是不是重新变成人，"他哭道，"我只要跟你们到拉普兰去。"

"听我一句话，"阿卡劝慰道，"那个小精灵脾气很大，容易发火，如果你

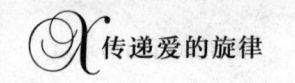

这次不接受他的好意，那么下一回你再想去求他就犯难啦。"

尼尔斯真是古怪得不可思议。他从一生出来就没有喜欢过任何人。他不喜欢自己的爸爸和妈妈，也不喜欢学校里的老师和同学，更不喜欢邻居家的孩子。无论是在玩耍的时候，还是干正经事情的时候，凡是他们想要叫他做的事，他都讨厌。所以，他如今既不挂念哪个人，也不留恋哪个人。

只有两个同他一样在田间放鹅的孩子——看鹅姑娘奥萨和弟弟小马茨，还可以勉强同他合得来。不过，他也没有真心实意地对待他们，一点也不真心喜欢他们。

"我不要变成人嘛，"尼尔斯呼喊着，"我要跟你们一起到拉普兰去。就是这个缘故，我才规规矩矩了整整一星期。"

"我也不是一口拒绝你跟着我们旅行，倘若你当真愿意的话。"阿卡回答说，"可是你要先想明白，你是不是更愿意回家去。说不定有一天你会后悔莫及的。"

"不会的，"尼尔斯一口咬定说，"没有什么可后悔的。我从来没有像跟你们在一起这么快活。"

"好吧，既然如此，那就随你的便吧。"阿卡说道。

"谢谢！"尼尔斯兴奋地回答说。他高兴得流下了眼泪，方才哭泣是因为伤心的缘故，而这一回哭泣却是因为快乐。

渴望旅行的小不点

美文赏析：

尼尔斯被小精灵施法，变得只有拇指大小。从此他听懂了各种动物的语言，家鹅驮着他加入了雁群，经历了一场漫长、曲折的旅行。最终，他成长为一个勇敢、善良、充满爱心的好孩子，赢得了父母和动物们的喜爱。

尼尔斯是个幸运的男孩。不是每个人都有机会找到另一个自我的，往往这个自我就存在于我们的内心深处，可也许直到生命的尽头他还在沉睡着，没有机会醒来。假如尼尔斯没有惹恼小精灵，事情就会向相反的方向发展：父母依然会因他而烦恼下去，他的自私顽劣不会为他赢得朋友，鸡鸭鹅狗将继续在他的恶搞下遭殃……那将是另一个故事了。想想，他刚刚变小时的无助和恐惧，是不是与我们生活中的某种经历相似呢——因为自己的过失而陷入绝境中的心情。平静下来吧，说不定那是一次令我们脱胎换骨的契机啊。所以，无论面对什么样的处境，收拾好我们的心情，把将要走的路当成一场愉快的旅行吧，当我们倾情投入的时候，就可能唤醒全新的自我。

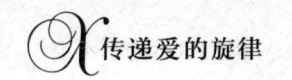

与鲨鱼的生死较量

——《海底两万里》节选

[法国] 儒勒·凡尔纳

儒勒·凡尔纳（1828—1905），法国著名作家。生于法国南部律师之家。自幼热爱海洋，立志航海。十八岁赴巴黎攻读法律，毕业后，不顾父亲反对，开始诗歌和戏剧的写作。1863年，发表第一部科幻小说《气球上的五星期》，引起轰动。此后投身于科幻题材的小说创作中，获得了巨大的成功。一个多世纪过去了，他的小说仍畅销不衰，并多次被搬上荧幕。代表作有《格兰特船长的儿女》《海底两万里》《神秘岛》《八十天环游地球》等。

入选理由：

凡尔纳的系列科幻小说，生动逼真，奇想连篇，引人入胜。将知识、趣味、幻想三者融会贯通，演绎着人类的梦想。

经典导读：

对人性光明乐观的期待，充盈在凡尔纳的科幻世界中，这使得他的历险故事渗透出可贵的精神力量。

——《纽约时报》书评

尼摩船长离开石洞，我们走到珠母沙洲。在这些清澈的海水中间，还没有采珠人来工作，把水搅浑，我们真像闲着无事来此散步的人，我们各走各的路，随自己的意思，或停下，或走开。至于我自己，我已经不把那件由于空想所引起的十分可笑的事放在心上了。海底这时显然接近海面，不久，我的头离水面只有1米了。康塞尔走近我身边，把他的头盔碰了碰我的头盔，用眼睛和我打招呼。不过这"水底高原"只有几米长，不久我们又回到"我们的"深水中。我想现在我可以这样讲。10分钟后，尼摩船长忽然停住了。我以为他是停一下就要转回去。然而不是。他做了个手势，要我们藏在一个宽大的窝里面，挨近他身边蹲下来。他用手指着水中的一点，我很注意地观察。

离我们5米的地方，出现一个黑影，下沉到底。我立刻想到鲨鱼，不安起来。可是，这一次我又错了，在我们面前的并不是海洋中的怪物。

那是一个人，一个活人，可能是一个印度人，也许是一个黑人，总之是个不幸的采珠人，他未到采珠期就前来采珠了。我看见他的船就停泊在距他头上只有

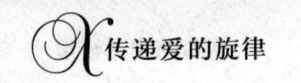

几英尺的水面上。他潜入水中，随即又浮上来。他将一块小面包一般的石头夹在两脚中间，一根绳索缚着石头，系在他的艇子上，使他可以很快地到海底下来。

以上就是他所有的采珠工具。到了约5米深的海底后，他立即跪下，把顺手拿到的珠母塞入他的口袋中。然后，他上去，倒净口袋，拉出石头，又开始下水采珠，一上一下，只不过30秒钟。

这个采珠人看不见我们。岩石的阴影挡住了他的视线。并且，这个可怜的采珠人哪能想到，在水底下有人，有像他那样的人，偷看他的动作，细细观察他采珠的情形呢！

好几次，他就这样地上去又下来。每一次下水，他只采得十来个珠母，因为珠母都用有力的吸盘附着在岩石上，他要使劲把它们拉下来。他冒着生命危险捞上来的牡蛎，又有多少是没有珍珠的啊！

我聚精会神地观察他。他的工作很规律地进行，在半小时内，没有什么危险发生。所以我就对这种很有兴趣的采珠景象习惯了。忽然间，在这个采珠人跪在水底下的时候，我看见他做了一个害怕的手势，立即站起，使劲往上一跳，要浮到海面上去。

我明白了他的害怕。一个巨大的黑影在这不幸的采珠人头上出现了。那是一条身躯巨大的鲨鱼，发亮的眼睛，张开的嘴巴，迎面斜刺地向前冲来了！我怕得发愣，甚至想动一动也不可能。

凶猛的鲨鱼用力拨一下鳍，向采珠人身上扑来，他躲在一边，避开鲨鱼的嘴，但没有躲开鲨鱼尾巴的打击，因为鱼尾打在他胸上，他翻倒在水底下。

这个场面不过是几秒钟的事。鲨鱼游回来，翻转脊背，就要把采珠人咬成两半了，这时候，我发觉蹲在我身边的尼摩船长突然站起来。然后，他手拿短刀，直向鲨鱼冲去，准备跟鲨鱼肉搏。

鲨鱼正要咬这个不幸的采珠人的时候，看见了它新来的敌人，它立即又翻过肚腹，很快地向船长冲来。

我现在还记得尼摩船长当时的姿态。他弯下身子，带着一种特别的冷静，等待那巨大的鲨鱼。当鲨鱼向他冲来的时候，船长非常矫捷地跳在一边，躲开冲击，同时拿短刀刺入鱼腹中。不过，事情并没有完，结果尚未分晓。可怕的搏斗开始进行了。

鲨鱼这时可以说是吼起来了。鲜血像水流一般从它的伤口喷出。海水被染红了，在这浑浊的海水中，我什么也听不见什么也看不见。突然之间，透过一小块清净的海水，我才看见勇敢的船长，抓住鲨鱼的一只鳍，跟这个怪物肉搏，短刀乱刺鲨鱼的肚腹，但没有能刺到致命的地方，就是说，没有能刺中它的心脏。鲨鱼死命挣扎，疯狂地搅动海水，搅起的漩涡都要把我打翻了。

我很想跑去接应船长。但我被恐怖慑住，不能挪动。

我两眼发直地注视着。我看见战斗的形势改变了。船长被压在他身上的巨大躯体所翻倒，摔在了水底的地上。一会儿，只见鲨鱼的牙齿大得怕人，像工厂中的大钳一般，尼摩船长的性命眼看就要不保了，忽然，尼德·兰德手拿捕鲸叉，转念之间，迅速向鲨鱼冲去，他投出可怕的捕鲸叉，打中了鲨鱼。

海水中散出一大团鲜血。海水受那疯狂得不可形容的鲨鱼的激打挣扎，汹涌地激荡起来。尼德·兰德达到了他的目的。

这是鲨鱼的最后喘息了。它已经被捕鲸叉刺中了心脏，这东西在怕人的抽搐中做最后的挣扎，反冲上来，掀倒了康塞尔。

可是，尼德·兰德立即把尼摩船长拉起来。船长没有受伤，站起来，走到那

✗ 传递爱的旋律

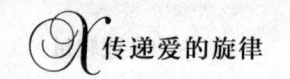

个采珠人身边，迅速把他和石头连起来的绳索割断，抱起他，两脚使劲一蹬，浮出海面来。

我们三人跟他一起浮上来。意外得救的人，转瞬间，都到了采珠人的小艇上。

尼摩船长首先关心的事是要救活这个不幸的采珠人。

我不知道他是否可以成功。我希望他可以成功，因为这个可怜人浸在水中的时间并不很久。但鲨鱼尾巴的打击可能是致命的重伤。很幸运，由于康塞尔和船长的有力按摩，我看见那不幸的人渐渐恢复了知觉。他睁开眼睛，看见四个大铜脑袋弯身向着他，他应该多么惊奇，甚至于应该多么害怕呢！特别是，当尼摩船长从衣服口袋中取出一个珍珠囊，放在他手中时，他心中会怎样想呢？这位水中人给锡兰的穷苦印度人的贵重施舍物，被一只发抖的手接过去了。他惊奇的眼睛里表示出了救他的性命和给他财产的，一定是不可思议的超人。

船长点一点头，我们又下到珠母洲，沿着原来跑过的路走去，走了半个钟头后，我们就碰上了挽在水底地面的诺第留斯小艇的铁锚。一上了小艇，各人有艇上水手的帮助，解开了沉重的铜头盔。尼摩船长的第一句话是对加拿大人说的，他说："兰德师傅，谢谢您。"

"船长，那是我对您的报答，"尼德·兰德回答，"我应该报答您。"

一个轻淡的微笑在船长的嘴唇间露出来，此外并没有一句别的话了。

"回诺第留斯号船上去。"他说。

小艇在水波上飞走。几分钟后，我们碰到浮在海上的那条鲨鱼的尸体。看到那鳍梢现出的黑颜色，我认出这条鲨鱼就是印度海中厉害的黑鲨鱼，是真正的鲨鱼。它身长二十五英尺，它的大嘴占它全长的三分之一。

这是一条成年的鲨鱼，从它嘴里——在上腭上，有摆成等边三角形的六排牙齿，就可以看出来。

当我注视这具尸体时，十多条饥饿贪食的鲨鱼忽然在小艇周围出现，但这些东西并不理睬我们，全扑到死鲨鱼身上去，一块一块抢着吃。

8点半，我们回到了诺第留斯号船上。

在船上，我把我们在马纳尔一带礁石岩脉间旅行所遭遇到的事故细细回想一下，顺理成章地得到两个结论。一点是关于尼摩船长的无比勇敢，另一点是关于他对人类、对于逃到海底下去的这一种族的一个代表的牺牲精神。而为了逃避人，他却跑到了海底。不管这个怪人怎么说，他还没到泯灭人性的地步。

当我把这一点向他提出来的时候，他口气稍微有些激动地回答我："教授，这个采珠人是一个被压迫国家的人民，我是站在被压迫国家人民一边的，现在如此，并且，只要我一息尚存，我就永远站在被压迫国家人民一边！"

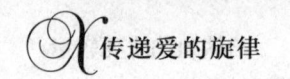

美文赏析：

　　《海底两万里》记录了生物学家阿龙纳斯教授在海底的见闻。在一次追捕"海怪"的过程中，教授和他的两个朋友不幸落水。幸被救起，来到一艘潜水船上。所谓的海怪原来是一艘不被世人了解的潜水船。在尼摩船长的带领下，阿龙纳斯进行了一次奇妙的深海旅行，探知了神奇的海底世界。全程时而险象环生，时而风光旖旎，极富画面感。使读者在惊心动魄与美好舒缓的描写中，感受到凡尔纳科幻小说的惊人魅力。

　　生动的细节描写和详尽的科学知识，增添了这本书的可读性。从太平洋到大西洋的航行中，我们跟随阿龙纳斯见到了海底的各种奇景异象，认识了许多罕见的动植物，又历经种种险恶的处境。整个故事情节细腻，悬念迭起，令人应接不暇。对科学领域的"预言"是此书的一大亮点，时间证明，他在书中描绘的科技"预言"，在若干年后变成了现实。

　　书中的神秘人物尼摩船长，具有极强的创造力。虽避世而居，性格怪异，却有颗悲天悯人的心。他身上的仁慈与勇敢，正是人性中耀眼的品质，即使深如大海也无法掩盖这种光芒。

当水孩子遇到水孩子

——《水孩子》节选

[英国] 查理·金斯莱

查理·金斯莱（1819—1875），英国著名学者、作家、诗人。童年大半时光在英国西部沿岸的渔村度过。曾入剑桥大学攻读法律，毕业后做了牧师，后任剑桥大学现代史教授。著有小说《向西去啊》《阿尔顿·洛克》等，自然历史著作《海岸的奇迹》等。1863年出版的童话《水孩子》是他的代表作，一经问世，即成为畅销图书。

入选理由：

查理·金斯莱对自然科学的热情、对儿童身心的关注，成就了《水孩子》的创作。在其活泼风趣的语言背后，我们常常能感受到一种暗涌……只有真情，才会令人如此感动。

经典导读：

《水孩子》中的大海，与冷漠的陆上世界相对，是个温暖的理想世界，小主人公汤姆在那里完成了他的人性塑造。

——中国学者　罗贻荣

这部童话中多处闪烁着耀眼的文字，让读者在哲学故事的生动和曲折之外，充分领略大自然的秀美风光。

——中国翻译家　路旦俊

传递爱的旋律

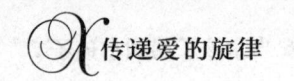

那天,汤姆沿着礁石游泳,看到水底下鳕鱼正在捉小虾吃;隆头鱼啃咬石头上的螺蛳,连壳带肉吃下去;还有很多贝类和其他的甲壳动物。汤姆正看得津津有味,忽然看见一只绿柳条编的圆笼子,笼子里面坐着的不是别人,正是他的朋友龙虾。他满脸羞愧地在那里盘弄自己的触须,样子非常无聊。

"什么事?难道因为你顽皮,被人家关起来了吗?"汤姆问他。

龙虾对汤姆这样的看法有一点点生气,可是这时精神非常颓丧,也懒得跟汤姆吵嘴。因此他只说:"我出不来呀。"

"那你是怎么进去的?"汤姆问。

"从上面那个圆洞进来的。"

"那你为什么不从那儿出来呢?"

"就因为从那里出不来啊。"龙虾把两只触须盘弄得更加厉害了,可是他不得不实话实说,"我向上,向下,向后,向两旁边,跳了至少有四千遍,还是跳不出去。总是跳到这下面,找不着那个洞。"

汤姆望了一下这个捕机。他本来就比龙虾聪明，所以一眼就看出是怎么回事。就和你一样，一只龙虾笼的构造你一看也会明白的。

"你等一下，"汤姆说，"把你的尾巴竖起来朝着我，我来把你倒拖出去，那样你就不会戳在刺上了。"

可是龙虾又笨又蠢，连洞都找不到。他跟许多猎狐人一样，在自己的地盘里感觉非常敏锐，可一离开地盘，立刻就摸不着头脑。这只龙虾也是如此，在他说来，是摸不着尾巴了。

汤姆将身子从洞里伸下去凑近他，总算捉着龙虾的尾巴。可是，不出我们所料，这个蠢笨的龙虾使劲一拖，连汤姆也被拽进笼子里面去了。

"你做的好事情！"汤姆说，"现在张开你的大钳子，把这尖刺一个个钳掉，那样我们两个出去就很容易了。"

"天哪，我没想到这上面，我白有这一身的经验了。"

你看，有经验还要有相当的智慧，才能利用经验，不管是人，是龙虾，都是一样。世界上有许许多多的人，把全世界都见识过了，然而终究还是和儿童差不了多少。

可是两人把尖刺拔了还不到一半时，就来了一片乌云罩在他们头上。他们抬头一看，哟，原来是那只老獭。她咧开嘴笑得非常厉害。"呀！"她说，"你这个多管闲事的小坏蛋，我现在可捉到你了！你告诉鲑鱼我的行踪，现在可要给你一点厉害尝尝！"她将全身伏在笼子上面打算钻进来。

汤姆吓得非常厉害，等到老獭找到上面的洞，把身子从洞里挤进来，一双大眼睛，两排钢牙，汤姆吓得更加厉害了。可是老獭的头才钻进洞，这只勇敢的龙虾立刻钳住她的鼻子，紧紧夹着不放。

传递爱的旋律

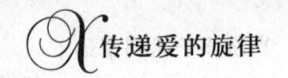

　　这样，他们三个蜷在一个笼子里面，滚来滚去。笼子里地方非常挤，龙虾揪老獭，老獭也揪龙虾，两个都把汤姆挤过来，撞过去，撞过来，挤过去，把汤姆挤得撞得气都透不过来。最后，汤姆总算爬上老獭的脊背，安然无恙从洞口跑出来。假如不是这样，后果真的不堪设想呢。

　　汤姆满心欢喜。可是他并不抛弃救他命的朋友，所以才一看见龙虾的尾巴竖着，就赶快捉着尾巴使劲拖他。

　　可是龙虾还不肯放。

　　"来呀，"汤姆说，"你难道看不出来她已经死了吗？"果然不错，老獭早已经淹死了。这只坏心肠的老獭的下场就是如此。

　　可是龙虾还是不肯放。

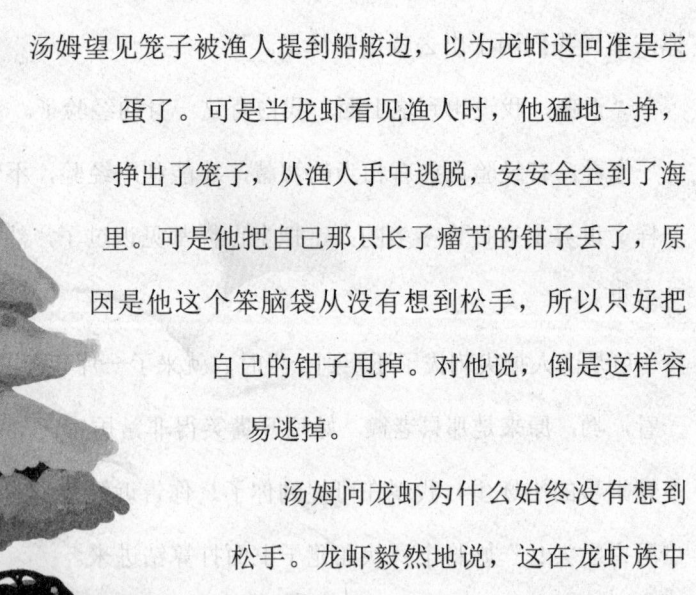

　　汤姆望见笼子被渔人提到船舷边，以为龙虾这回准是完蛋了。可是当龙虾看见渔人时，他猛地一挣，挣出了笼子，从渔人手中逃脱，安安全全到了海里。可是他把自己那只长了瘤节的钳子丢了，原因是他这个笨脑袋从没有想到松手，所以只好把自己的钳子甩掉。对他说，倒是这样容易逃掉。

　　汤姆问龙虾为什么始终没有想到松手。龙虾毅然地说，这在龙虾族中是一个原则问题，就是这样。

　　这之后就发生了

一件天大的喜事。汤姆和龙虾分手后没有5分钟，就撞见一个水孩子。

这是一个真正的活的水孩子。她坐在白沙上，忙着弄一块小石子。当她看见汤姆时，她抬头望了一下，就喊道："咦，你是个生面孔。你是个新孩子呀！多有趣！"于是她向汤姆跑来，汤姆也向她跑去，两人紧紧拥抱，亲吻，有大半天，两人都不知道为什么要这样。不过水底下是不需要什么介绍的。

终于汤姆说："啊，你们这些时间上哪里去了？我找你们找了好久好久，真是寂寞透顶。"

"我们一直都在这里，连日子也记不清了。我们在石头附近总有几百人。傍晚回家以前，我们总要歌唱追逐，你怎么会看不见我们，听不见我们的歌声呢？"汤姆又把这孩子看了看，然后说："咦，这真奇怪啊！我三番四次看见像你们这样的人，可是我总当你们是些贝壳，或者是海里的动物。我从来没有认出你们是和我一样的水孩子。"

你说，这是不是古怪啊！古怪得连你也不一定知道是怎么一回事。为什么汤姆一直要到他把龙虾从笼子里救了出来，才找到水孩子呢？你要懂得是什么缘故，最好把这个故事读上九遍，自己再想一想，那样你就会明白。把什么事情都告诉小孩子，不给他们一点点动脑筋的机会，对于孩子们并没有好处啊。

"现在，"那孩子说，"你来帮我一个忙吧。你不帮我的忙，我就来不及在我哥哥姐姐到来之前做完。现在已经是该回家的时候了。"

"我帮你什么忙呢？"

"帮我搞这块可怜的小石头。上次大风雨里漂来了一块笨重的大圆石，把这块石头的头撞掉，把石头上面的花也都扫光了。现在我一定要在上面重新栽上海草、珊瑚和海葵。我要让这块石头成为沿岸最美丽的石花园。"

传递爱的旋律

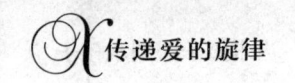

于是，两个人一起忙活起来，在上面种些花草，把周围的沙铺平。他们做得非常开心，一直到潮水开始退去时才住手。这时汤姆听见别的水孩子也来了，笑着，唱着歌，叫嚷着，追逐着，那片闹哄哄的声音就像浪花一样。他这才知道自己的眼睛一直就看见他们，耳朵也一直听见他们，只是不认识他们，只是因为他的眼睛和耳朵还被蒙着。

他们都来了，上百个水孩子，有些比汤姆大一点，有些比汤姆小一点，穿的全是白色的小游泳衣，非常整洁。他们听说汤姆是个新来的水孩子，都和他搂抱、亲吻，把他放在当中，大家环绕着他在沙滩上跳起舞来。可怜的小汤姆，这时没有人比他更快乐了。

"可是现在，"他们同声喊出来，"我们都得回家了，都得回家去了，否则潮水退掉，我们就会被晒干。我们已经把断海藻全修好了，把石头整理好了，把所有的蚌壳重又安放在沙上，上星期那个可恶的大风暴冲坏的地方，再也看不出来了。"

海滩上那些石子之所以总是那样整洁就是这个道理，因为每一次大风暴之后，都有水孩子跑到岸上来打扫清理，把它们重新整理好。

可是水孩子最受不了臭味。如果岸上的人喜欢糟蹋东西，不爱清洁，把阴沟通向海里，而不像节俭的人把垃圾堆在田里；或者把鲱鱼头，或者死鲛鱼，或者别的废弃的东西丢在海里；或者把干净的海岸弄得乌七八糟的。那些水孩子就不来了。有时候几百年不来，只留下些海葵和螃蟹打扫打扫。一直要到洁净的大海把泥沙上面所有的肮脏东西都遮盖起来，把人类的垃圾全洗刷掉水孩子才会再来，养些活的扇贝、海螺、牡蛎、竹蛏和海参，把海边重新变成一座美丽的活花园。我想，在我看见的所有海边，为什么没有看见过一个水孩子，就是这个缘故。

美文赏析：

　　查理·金斯莱不仅仅是作家，同时他还是历史学家、博物学家、社会学家。在各个领域获得的渊博知识，为他的写作打开了广阔的视野，令其文学之笔游刃有余、如虎添翼。《水孩子》中关于海底世界的精彩描述，无疑为故事本身增色不少。说起这本书的写作动机，主要是因为他反对雇用童工来干清扫烟囱的繁重劳动。所以在书中，他为扫烟囱的汤姆找了一个最清澈不过的去处——海洋，并为其安置了一个最洁净不过的形体——水孩子。如果没有一颗透明的童心，一个四十四岁的男人会有如此美妙的想象力吗？

　　在岸上受尽欺凌的汤姆，在水中受到了爱的教育，逐渐克服了自己的性格缺陷，学会了怎样"以人之道待人"。爱，不仅要给予朋友，还要把它作为礼物送给那些曾经伤害过你的人。汤姆做到了。在不断的蜕变中，他成长为一个真正意义上的水孩子，并收获了快乐与幸福。以德报德，天经地义；以德报怨，难能可贵。从这个意义上来看，查理·金斯莱不只是为人们讲了一个好听的故事，还将爱的种子撒向了每颗心灵。

传递爱的旋律

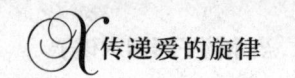

虎口余生的男孩

——《金银岛》节选

[英国] 罗伯特·斯蒂文森

罗伯特·斯蒂文森（1850—1894），英国诗人、小说家。生于苏格兰爱丁堡，入大学后曾读土木工程，后改读法律，但他却志不在此，在大学期间便进行文学活动。1878年，他进入文学创作期，写下了大量小说、散文、诗歌及游记等。1883年出版了代表作《金银岛》，被誉为"儿童冒险故事的最佳作品"。另有小说《诱拐》《一个孩子的诗园》《新天方夜谭》等，也深受读者青睐。

入选理由：

这个惊险刺激的寻宝故事，再次印证了人性中正义的光明，那是比金子还要闪耀的东西。

经典导读：

斯蒂文森的《金银岛》，是以一个十岁孩子的口吻讲述的孤岛寻宝的故事，孩童式的语言与心理使故事更具真实性和奇趣感，这也是这本书一直畅销不衰的原因。

——《星期六》书评

一个多世纪过去了，提到探险故事，《金银岛》仍是无数孩子的最爱。海盗、宝藏、历险、正义、邪恶、生死……大大地满足了孩子们童年时代所有的好奇心。

——《文学报》书评

火把的红光照亮了木屋的内部，把我所担心的最糟糕的情况呈现在了我的面前。海盗们已经占领了木屋，夺取了食品给养。白兰地、猪肉和面包还在老地方，但屋里没有一个俘虏，所以我的恐惧感立刻增加了十倍。我只能推测他们全都惨遭不幸，同时为自己没有在场与他们同归于尽而痛苦万分。

屋里总共有六名海盗，再也没有其他活人。他们中有五个人站起来，他们满脸通红，眼神呆滞，显然在睡前喝了许多酒。第六个家伙也用胳膊肘支撑着坐起了身子——他脸色惨白，脑袋上缠着血迹斑斑的绷带——这一切说明他最近刚受过伤，绷带包扎的时间还不长。我想起了他们发起总攻时被打伤后逃进树林里的那个家伙，肯定就是眼前这个伤员。

鹦鹉蹲在高个子约翰的肩膀上整理着羽毛，而希尔弗本人看上去脸色似乎也比平常更加苍白、更加严厉。他仍穿着那天来和我们谈判时穿的那套漂亮的绒面呢礼服，但衣服上沾满了泥土，好几处还被灌木丛中的荆棘扯破了，大煞风景。

"啊，"他说，"原来是吉姆·霍金斯。好哇！上这儿串门来啦？快请进，

传递爱的旋律

我热烈欢迎。"

说着,他就坐到了白兰地酒桶上,开始装烟斗。

"迪克,让我借个火。"他说。等烟斗点着后,他接着说道:"行了,伙计,将火把插在柴堆上吧。诸位,你们还是坐下吧——你们不必为霍金斯先生而诚惶诚恐地站着,他会原谅你们的,你们尽管相信我的话好了。我说,吉姆,"他取下嘴里的烟斗说,"你到这里来,可怜的老约翰真是喜出望外。我第一次见到你时,就觉得你非常聪明伶俐,可你这会儿跑到我这里来,真是出乎我的意料。"

无论他说什么,我始终一言不发,这大家也想象得到。他们让我背靠墙站在那里,我两眼正视着希尔弗,表面上毫无惧色,心里却绝望至极。

希尔弗镇定自若地抽了一两口烟,又接着发表他的意见。

"你听我说,吉姆,"他说,"既然你现在已经到了这里,不妨听我说说我的心里话。我一直很喜欢你,是的,总觉得你这孩子有头脑、有志气、年轻英俊,简直就是我年轻时的翻版,我一直想让你加入进来,分到你该得的那一份,一辈子做个有脸面的人。你现在到底来了,我的孩子。斯摩莱特船长是个出色的海员,我一直这么说,但他的纪律太严。他总是将'公事公办'挂在嘴上,这话当然有它的道理。可你竟然撇下船长独自逃走了!大夫恨死了你,骂你是'忘恩负义的混蛋'。总而言之,你再也无法回到你那帮人当中去了,因为他们不会再接纳你,除非你另立山头,当光杆司令，否则你还是加入到希尔弗船长一伙为好。"

到目前为止，一切还算顺利！那么我的朋友们还活着！虽说我相信希尔弗的话有一部分是真的——船舱里的人对我逃跑确实很恼火，但他这番话给我带来的安慰仍然大于忧伤。

"你已经落到了我们手中，"希尔弗接着说，"这不用我说，你自己也明白。我喜欢与人讲道理，因为我从来没有看到威胁有什么好结果。如果你愿意，那就加入到我们当中，如果你不愿意，吉姆，你完全可以说不——你完全可以自由选择，伙计。要是这世界上还有哪个水手能说出比这更公道的话来，那我就不是人！"

"你一定要我回答吗？"我用颤抖的声音问。听着这番讥讽的话语，我感到死亡的威胁就悬在我头上。我脸涨得通红，心跳得厉害。

"孩子，"希尔弗说，"谁也没有逼你，你自己好好想想吧。我们谁也不会催你。你瞧，大家和你在一起都感到很愉快。"

"好吧，"我壮了壮胆说，"如果要我做出选择，我声明我有权先弄清楚这里到底发生了什么事，你们为什么在这里，我的朋友们到哪里去了？"

"你问发生了什么事？"一个海盗阴森森地咆哮道，"鬼才知道这里发生了什么事！"

"你给我住嘴，混蛋！"希尔弗恶狠狠地冲着那开口的家伙嚷道。然后，他又换上原先那种文雅的语调对我说："今天早晨，霍金斯先生，我们有人在值晚上最后一班岗时，利维塞大夫打着白旗来找我们。他说：'希尔弗船长，你们被出卖了。船已经开走了。'我不否认，我们晚上是在举杯畅饮、唱歌助兴，所以我们谁也没有向海上张望。听了利维塞大夫的话后，我们跑去一看，天哪，那船

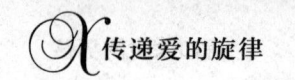

真的不见了踪影。我从来没有见过一群傻瓜干瞪眼的蠢相,而且实话告诉你,我当时更是吃惊得目瞪口呆。'好了,'大夫说,'我们来谈谈条件吧。'于是我和他两个人开始谈条件,最后商定:给养、白兰地、木屋、你们费尽艰辛地砍来的柴火——用我们的话来说,所有的一切都归我们了。至于他们到什么地方去了,我也不知道。"

他又默默地抽了几口烟。

"你应该记住,"他接着说,"我们在谈判时提到过你。我可以把当时最后几句话告诉你。我问:'你们有多少人要离开木屋?'他说:'四个,其中一个受了伤。至于那孩子,我不知道他在哪里,也不想管他了,让他见鬼去吧。我们一想到他就心烦。'他最后就是这么说的。"

"就这些吗?"我问。

"是啊,我能告诉你的就这些,孩子。"希尔弗答道。

"现在要我做出选择吗?"

"现在你必须做出选择,你应该相信我的话。"希尔弗说。

"那好,"我说,"我还没有笨到不知道做出什么选择的地步。随便你们怎么处置我,我不在乎。自从碰到你们这伙人以来,我见到的死人太多了。不过,我有几件事情要告诉你们,"这时的我十分激动。"首先,你们现在处境不妙:丢了船,丢了财宝,也丢了人。你们的全部勾当失败了。想知道是谁干的吗?——是我!在看到陆地的那天晚上,是我躲在苹果桶里听到了你,迪克·约翰逊,还有已经掉到海底淹死的汉兹之间的谈话,并且不到一个小时就将一切告诉了我们的人。至于帆船,是我割断了缆绳,是我杀了你们派在上面守船的人,是我将它驾驶到了一个你们永远也找不到的地方,你们谁也别想找到它。现在应该笑的人是我,我从一开始就占了上风。你们在我眼里只不过是一只苍蝇,是杀是放随你们的便。但我还要说一点,如果你们放了我,那过去的事可以一笔勾销。将来如果你们因当过海盗而受审,我将尽力救你们。现在该你们选择了:要么多杀一个人,而这对你们没有任何好处;要么放了我,留个证人,将来可以免上绞架。"

我说到这里停了下来,因为我已经上气不接下气了。使我感到惊讶的是,他们谁也没有动,全都坐在那里,像一群绵羊一样看着我。趁他们仍在盯着我时,我又脱口说道:"希尔弗先生,我相信这些人当中就数你最有头脑。万一我有个好歹,请你一定告诉大夫我是怎么表现的,我将十分感激。"

"我一定记在心上。"希尔弗说。他的语气非常古怪,我怎么也判断不了他究竟是在嘲笑我提出的请求呢,还是被我的勇气打动了。

"我还要补充一点,"那个脸色像红木的老水手说,他叫摩根,我在布里斯托尔码头上高个子约翰开的酒店里见过他,"认出黑狗的就是他。"

"还有呢,"船上的厨子补充说,"我还要补充一点,真的!正是这孩子从比尔·本斯那里弄到藏宝图的。总而言之,我们的一切全坏在吉姆·霍金斯手里!"

"那就让他上西天!"摩根咒骂道。

他拔出刀子跳了起来,动作麻利得像个二十岁的小伙子。

"住手!"希尔弗喝道,"你算什么东西,汤姆·摩根?你大概以为你是这里的船长吧?我要好好教训教训你!如果你竟敢和我作对,我就送你去好多人比你先去的地方。这三十年来,凡是和我作对的人,不是被吊到桅杆横梁上就是被扔到了海里去喂了鱼,没有一个得到过好下场。汤姆·摩根,你尽可相

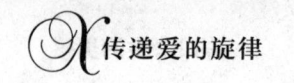

信我的话。"

摩根顿住了，但其他几个人却不满地嘟哝起来。

"汤姆没错。"一个说。

"我让人捉弄够了。"另一个补充说，"约翰·希尔弗，如果我再让你牵着我的鼻子走，我就真要上绞架了。"

"你们诸位先生当中有谁要和我算账呀？"希尔弗咆哮着从酒桶上将身子探出去老远，烟斗在他右手中冒着烟，"有什么话就统统讲出来，你们又不是哑巴，想造反的站出来。我活了这么大岁数，难道到了晚年还会让什么酒囊饭袋在我面前摆谱吗？你们自称是碰运气的绅士，那就该知道怎么做。我是已经准备好了。有种的拔出弯刀来见个高低。尽管我挂着拐杖，我要在抽完一斗烟之前看看他的五脏六腑是什么颜色。"

没有一个人动弹，也没有一个人吭声。

"你们就是这德行，是不是？"他说着又将烟斗放进嘴里，"你们真是丢人现眼。连一个敢站出来较量的都没有。你们大概听得懂我的标准英语吧？我这船长是选出来的，我之所以当船长，就是因为我经历过的风浪比你们都多，就是因为我比你们都强。既然你们不敢像碰运气的绅士那样和我较量，那你们就得听我的，你们都给我记住这一点！我喜欢这孩子，还从来没有见过哪个孩子比他更好。他比你们这帮鼠辈中任何两个加起来都更像个男子汉。我只想说一句，我要看看谁敢碰他一根汗毛——这就是我要说的，你们给我听好了。"

美文赏析：

　　《金银岛》也许是最好看的探险小说。宝藏、荒岛、海盗，光是这些就足以吸引孩子们的眼球了，再加上惊险曲折的情节、生动精彩的对话，难怪会俘获一代又一代孩子的心。在惊心动魄的历险中，我们不仅明白了"善有善报，恶有恶报"的道理，还看到了人性中的诚实、善良、勇敢、正义这些比宝藏还要珍贵的品质。有时候，我们在追寻某样事物的过程中，反而会意外地收获更有价值的东西。作者运用无边的想象力，引领孩子们踏上了奇特的冒险之路。在正与邪、生与死的较量中体会到爱与勇气的可贵，从而激发他们对生活的热爱。

　　书中的荒岛实际上是太平洋中的一个小岛——可可岛，相传那里埋藏着无数宝藏。近百年来寻宝者络绎不绝。1978年，此岛被哥斯达黎加政府以保护生态环境为理由封闭，严禁任何人挖掘，这给可可岛又蒙上了一层神秘的面纱。难道岛上真的有神奇的宝藏吗？好想去岛上走一遭，——可惜那是不可能的。那么，不如在阅读中跟着吉姆登上可可岛去探险吧。

X 传递爱的旋律

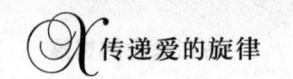

勇敢的抉择

——《汤姆·索亚历险记》节选

[美国] 马克·吐温

马克·吐温（1835—1910），美国杰出的讽刺小说家。生于密苏里州一个贫寒的家庭，少年时便外出谋生，从事过排字员、水手、淘金工、记者等职业。1865年发表了成名作《卡拉维拉斯县驰名的跳蛙》，此后笔耕不辍，进入创作的黄金期，发表了大量小说，以幽默的笔法著称于世。代表作有长篇小说《哈克贝利·费恩历险记》《汤姆·索亚历险记》《百万英镑》《竞选州长》等。

入选理由：

马克·吐温的作品是人类文学史上浓墨重彩的一笔。通过那些诙谐、辛辣、夸张的语言，透射出一个个小人物的挣扎与呐喊，那种悲哀的幽默，使人笑中带泪。

经典导读：

在他的小说里，幽默只是一面屏障，并不是马克·吐温想要表达的东西，真正的内涵在幽默背后。

——《时代》书评

马克·吐温具有美国先民开疆拓土的精神，他崇尚自由、平等，个性豪迈爽朗，不拘小节，而且十分幽默。

——美国作家 海伦·凯勒

这两个孩子还是像从前那样——走到牢房的窗户那儿，给波特递进去一点烟叶和火柴。他被关在第一层，没有看守。

他非常感激他俩给他送好东西，这更让他俩的良心不安起来——这一次，像把刀似的深深刺进他们心里。当波特打开话匣时，他俩觉得自己极其胆小怕事，是十足的叛徒。波特说：

"孩子们，你们对我太好了——比镇上任何其他的人都好。我不会忘记的，我忘不了。我常自个儿念叨着：'我过去常常给镇上的孩子们修理风筝之类的玩具，告诉他们什么地方钓鱼最好，尽力和他们交朋友。但现在波特老头遭难了，他们就把他给忘了；可是啊，汤姆没有忘，哈克也没有忘——只有他俩没有忘记他。'我说：'我也不会忘记他们。'啊，孩子们，我干了件可怕的事情，当时我喝醉了，神志不清，我只能这么解释。现在，我要因此事而被吊死，这是应该的。我想，是应该的，也是最好的，我反倒希望被吊死。哦，咱们不谈这事了吧。我不想让你们伤心难过，你们对我这么好。但是，我想对你们说的就是，你

传递爱的旋律

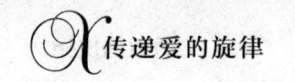

们千万不能酗酒啊——这样,你们就不会被关到这里了。离酒精远远的,好吧,就这样。一个人遭此不幸,还能看到你们这两张友好的面孔,真是莫大的安慰啊。现在,除了你们,再也没有人来看我了。多么友好的脸蛋,多友好啊。你们俩一个爬到另一个背上,让我摸摸你们的脸吧。好了。咱们握握手吧。你们的手可以从窗户缝中伸进来,我的手太大不行。这么小的手,没多大力气——可就是这小手帮了莫夫·波特很大的忙,要是能帮上更大的忙,也会帮的呀。"

汤姆悲痛地回到家里,当夜做了很多噩梦。第二天和第三天,他在法院外面转来转去,心里有种无法克制的冲动,想闯进去,可他还是强迫自己留在外面。哈克也有同样的经历。他们故意相互回避着。他们时常从那里走开,可是又都被这件惨案吸引回来。每当有旁听的人从法庭出来,汤姆就侧着耳朵细听,但听到的消息都令人忧心忡忡——证据越来越无情地指向可怜的莫夫·波特。第二天庭审结束的时候,镇上传言,印第安·乔的证据确凿无疑,陪审团如何裁决此案是明摆着的了。

那天夜里,汤姆很晚才回来,他从窗子里爬进来上床睡觉。由于极度兴奋,过了好几个小时他才睡着。次日清晨,镇上所有的人成群结队地向法院走去,因为今天是个不平常的日子。听众席上挤满了人,男女各占一半。人们等了很久,陪审团才一个接着一个入场就座。不一会儿,波特戴着手铐被押了进来,他面色苍白,一脸憔悴,又怯懦,又绝望。他坐的地方很显眼,全场好奇的人都能看得见。印第安·乔也同样地引人注目,他还是和先前一样不露声色。又过了一会儿,法官驾到,执法官就宣布开庭。接着,就听见律师们惯例式地交头接耳和收拾文件的声音。这些细节和随后的耽搁给人们一种准备开庭的印象,它既让人印象深刻同时又令人着迷。

现在，一个证人被带上来。他作证说，在谋杀案发生的那天清晨，他看见莫夫·波特在河里洗澡，并且很快就溜掉了。

公诉律师问了一会儿，说："被告律师可以向证人提问了。"

犯人抬眼看了一会儿，然后又低下了眼睛。这时他的律师说："我没有问题要问。"

第二个证人证明，他曾在被害人尸体附近发现了那把刀。

公诉律师说："被告律师可以提问了。"

波特的律师说："我没有问题要问。"

第三个证人作证说，他常常看见波特带着那把刀。

"被告律师可以提问了。"

波特的律师没有提问。看得出听众们开始恼火了。难道这个辩护律师不打算做任何努力，就把他的当事人性命给断送掉吗？

有几个证人都作证说当波特被带到凶杀现场时，他表现出了畏罪行为。被告的律师没有盘问他们一句，就允许他们退出了证人席。

在场的人对那天早上坟地里发生的悲剧都记忆犹新。现在宣过誓的证人把一个一个的细节都讲了出来，不过他们没有一个人受到波特的律师的盘问。全场一片低语声，表达了人们的困惑和不满的情绪，结果引起了法官的一阵申斥。于是，公诉律师说："诸位公民宣誓作证，言简意赅不容置疑，据此，我们认定这起可怕的谋杀案，毫无疑问，系被告席上这个不幸的犯人所为。本案取证到此结束。"

可怜的莫夫呻吟了一声，他双手捂脸，来回轻轻地摇晃着身子，与此同时，法庭上一片寂静，令人痛苦。许多男人都被感动了，女人们也掉下了同情的眼泪。

传递爱的旋律

这时，被告律师站起身来，说："法官大人，本庭审讯之初，我们的所言就涵盖了开庭审讯之目的，我们曾力图证明我言外之意：我的当事人喝了酒，所以在神志不清的情况下干了这件可怕的事情。现在我改变了主意，我申请撤回那篇辩护词。"然后他对书记员说："传汤姆·索亚！"

在场的每一个人都莫名其妙，惊诧不已，连波特也不例外。当汤姆站起来，走到证人席上的时候，人们都怀着极大的兴趣迷惑不解地盯着他。这孩子因为受到过分惊吓，看起来有点紧张。他宣了誓。

"汤姆·索亚，6月17日大约半夜时分，你在什么地方？"

看见印第安·乔那张冷酷的脸，汤姆舌头僵住了，讲不出话来。听众们屏息敛气静听，可是话还是没有说出来。然而，过了几分钟，这孩子恢复了一点气力，勉强提高了声音，但仍然只有部分人能听清楚他的话：

"在坟地！"

"请你稍微大点声。别害怕。你是在……"

"在坟地。"

印第安·乔的脸上迅速地闪过一丝嘲弄的微笑。

"你是在霍斯·威廉姆斯的坟墓附近的什么地方吗？"

"是的，先生。"

"大点声——再稍微大点声。距离有多远？"

"就像我离您这么远。"

"你是不是藏起来了？"

"是藏起来了。"

"藏在什么地方？"

"藏在坟边的几棵榆树后面。"

印第安·乔吃了一惊，别人几乎没有察觉到。

"还有别人吗？"

"有，先生。我是和……"

"别忙——等一下。你不要提及你同伴的名字。我们在适当的时候，会传问他的。你到那里去，带着什么东西吗？"

汤姆犹豫着，不知所措。

"说出来吧，孩子——别害怕。说真话总是让人敬佩的。"

"带了什么去的？"

"就带了一只——呃——一只死猫。"

人们一阵哄笑。法官把他们喝止住了。

"我们会把那只死猫的残骸拿来给大家看的。现在，孩子，你把当时发生的事说出来，照实说，什么也别漏掉，别害怕。"

汤姆开始说了，起初有些吞吞吐吐，可是渐渐地喜欢这个话题了，于是就越说越流畅自如。没过多久，除了他在说话外别无其他声音，每双眼睛都在盯着他，人们张着嘴，屏住呼吸，兴致盎然地听他讲述着这个传奇般的经历，一点都没注意到时间，都被这个恐怖而又魅力十足的历险吸引住了。

说到后来，汤姆心中积压的情感一下子迸发出来，他说："……医生一挥那木牌，莫夫·波特就应声倒在地上，印第安·乔拿着刀，跳过来，狠狠就是一下……"

"哗啦！"那个混账闪电一般，朝窗口跳去，冲开所有阻挡他的人，跑了！

传递爱的旋律

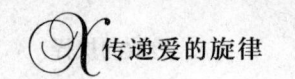

美文赏析：

　　汤姆·索亚是个让人喜欢又头痛的小家伙。他聪明调皮，有着强烈的好奇心。对各种恶作剧乐此不疲，又厌倦了功课的刻板枯燥，一心想当绿林好汉，向往冒险刺激的生活。在他和小伙伴一次次的历险中，他身上又显现出机智、勇敢、正直的一面。作者把儿童的天真顽劣与美好情操融合在一起，使我们看到了一个丰满、立体、呼之欲出的小男孩形象。他不堪忍受成人世界格式化的生活，以自己的方式与之对抗。在强大的恶势力面前，那种无畏与正义感是会令许多大人汗颜的。他的清新活泼，反衬出当时现实社会的虚伪腐朽，使人们看到了夺目的希望之光。

　　马克·吐温幽默诙谐的语言、细致入微的人物观察、深情的自然风光描绘，使这本书有很强的可读性。他站在人物的角度，透过生动传神的对话来表现性格，让我们在轻松愉悦的阅读中认识了汤姆·索亚，并且渐渐喜欢上这个令人头痛的顽童。